JN074285

逆行した悪役令嬢は、
深窓の令嬢になります
なぜか
魔力を
失ったので
2

ルイ・デュトワ
デュトワ国の第一王子。王族としての行動を最優先にしており、冷静沈着で冷徹さもある。一度興味を持ったことには、とことんこだわる性格。
シリル・ヴァサル
ルイと同い年の乳兄弟。常に冷静な性格で優秀な頭脳を持っており、仕事面でルイのことを補佐している。
ラシェル・マルセル
マルセル侯爵家の元悪役令嬢。魔力が低い者や平民を見下すような傲慢さがあったが、逆行後は過去の自分を反省し、感謝と優しさをもって人と接するようになる。
主な登場人物

テオドール・カミュ
カミュ侯爵家の嫡男で、魔術師団に所属。人をからかうのが好きで、物事を面白い方向に進めたがる。精霊から懐かれやすい。
ナタリア・アボット
アボット伯爵令嬢で、トルソワ魔法学園で風紀委員や学級委員長を務める優等生タイプ。ラシェルが編入後、一番の友人になり相談に乗ってくれるようになる。
アンナ・キャロル
キャロル男爵令嬢で、小動物のような見た目で明るい笑顔を絶やさない少女。ただ、その笑顔の裏には秘めた思いがあり……。

# Contents

# 逆行した悪役令嬢は、なぜか魔力を失ったので深窓の令嬢になります 2

蒼伊

イラスト
RAHWIA

# 1章　トルソワ魔法学園

「お嬢様！　とてもお似合いです」

専属侍女であるサラの明るい声を聞きながら、目の前の姿見の前に立つ。鏡に映るのは、トルソワ魔法学園の制服を着た私の姿。

見慣れた姿のはずが、時を遡ってから1年が過ぎているからなのか、それとも様々なことがあったからなのか。自分が自分ではないような不思議な感覚がある。

──ついに、また学園に通う日が来てしまったのね。

自分で決めたことだし、頑張るつもりもある。それでも朝から憂鬱で、心が晴れない。

そんな私の心境を知らないサラは、ハンカチを握りしめて目を潤ませている。言葉を詰まらせながら、「ゆ、夢にまで見たお姿……本当に、本当に良かったです」と独り言のように呟いた。

白いシャツ、紺色の膝下まであるワンピースに白色のボレロ、靴はロングの編み上げブーツ。そして胸元には2学年を表す赤色のリボン。間違いなくこの国の最高峰といわれるトルソワ魔法学園の制服。

前回の私は18歳までこの学園に通っていた。だが今回は、魔力を失い病弱になったことで1日も出席しないまま2年生からの編入扱いとなった。

本来であれば丸々1年通っていないのだから、1年生からやり直すということもできた。だが一度は卒業目前まで学園に通っていたこと、現在も家庭教師による授業を受けていることで、編入試験を楽々合格できたため、特別措置という形になった。

――それにしても……この制服、とても懐かしいわ。

最後に袖を通したのが、遠い過去のことのよう。それでも今この瞬間にも、数々の思い出と共に校舎、食堂、屋上庭園、図書館……。全てが鮮明に瞼に焼き付いている。

あの頃はどこに行くにも友人と連れ添って歩いていた。彼女たちの甘言に気分を良くし、掛けられた言葉の全てを何も疑うことなく信じていた。

結果、私は殿下に婚約破棄され、修道院に向かう途中で殺された。

もちろん私に問題があったことは確かだ。だが、はたして破滅を願う友情が本物といえるだろうか。――いや、そんなもの友人でも何でもない。

『ラシェル様、また殿下とあの子が一緒にいましたのよ』

『殿下のお隣はラシェル様の場所だというのに、本当にはしたないわ。……でもあの噂は本当なのかしら』

『ラシェル様、あの聖女というだけで力のない者に分からせてあげた方が宜しいのでは？』

『ええ、そうよ！　ラシェル様、今すぐにでも言いに行くべきです』

あの頃を思い出すだけで、今でも耳元に彼女たちの囁く声が聞こえる気がする。

私が疑心を抱いた通り、あの当時の殿下と聖女の間に恋愛感情があったのか。その真実を知る術はもうない。もしかすると、過去の殿下が仰っていた通り、本当にこの国のことを話し合っていただけなのかもしれない。

殿下と聖女、シリルたちが会話する姿は何度か目にした。だが聖女を見る殿下は、あの一瞬で頬が赤らむような甘く優しい笑みを浮かべていただろうか。もっと義務的な色をしていたのではないだろうか。

——駄目だ、思い出せない。

あの視線を向けられるのが自分だけであったなら——そう考えてしまう私の希望が、そう思わせるのかもしれない。

だが当時のことで確かなこともある。友人だと思っていた彼女たちは、私を疎んでいた。殿下の婚約者という立場から追い落とそうと、どこかで私の失敗を狙っていたのではないか。

記憶の中の彼女たちは、思惑にまんまとハマった私を笑っていたのだから。

今度は嘘で固められた友人関係ではなく、本当の意味で友人と呼べる相手。例えば殿下とテオドール様のような、軽口を叩き合いながらも互いに信頼し合う関係。

もし可能であれば、私にもそんな友人ができたら……。そんな僅かな期待を抱いてしまう。

ふと俯いていた顔を上げると、鏡の中の自分は不安そうに眉を下げていた。

――あぁ、これではダメ！　私は変わるのだから、こんな不安に押し潰される様では。

不安に飲み込まれそうな心を隠し、無理やり口角を押し上げて笑みを作る。にっこりと笑う自分を鏡で見て、ようやく重くなった心が幾分上向く気がした。

ガタゴトと揺れる馬車から覗く景色は見知ったものだ。それでも、私は初めて通うかのような緊張感に包まれていた。

学園に近づくにつれ徐々に前の記憶が蘇り、手から温もりが消え、小刻みに震えてしまう。

その手をギュッと握りしめて気づかぬ振りをしながら、何度も何度も深呼吸をする。

――大丈夫、大丈夫よ。きっと前のようにはならないはず。

心の中でそう自分に言い聞かせる。だが肩には力が入り、顔は強張るのを感じる。きっと今鏡を見たら怖い顔をしているのだろう。

馬車のスピードが徐々に落ち止まると同時に、私の緊張感はピークに達した。

――ついに、着いてしまった。

もう一度胸に手を当てながら大きく深呼吸をし、俯いていた顔を上げる。ドアがゆっくり開くのを確認し、重い腰を上げて足を一歩前に出すと、ドアの外からサッと手が差し出された。

それを追うように視線を向けると、いるはずのない人物が悠然と微笑むように息を飲む。

「殿下！」

「やぁ、ラシェル。おはよう」

殿下は甘く微笑みながら、「ほら降りておいで」と優しく私に声を掛けた。高鳴る鼓動を感じながらも、殿下の手を借りて馬車を降りる。殿下は私が見上げると、一層笑みを深めた。

その優しく温かい笑みは、私の固くなった全身を和らげた。

ほっと息を吐きだすことができ、不思議と自然に頬が緩むのを感じる。

「あの、わざわざありがとうございます」

「いや。大切な婚約者の大事な日だから、先に来て待ちたかったんだ」

「でもお待たせしてしまったのでは……」

「気にしないで。私がしたくて勝手にしたことなのだから。それに、待つ時間に胸がこんなにも躍るのは初めての経験だ。今日からラシェルと共に学園に通い、毎日ここで会えるのだと思

うと、嬉しくて仕方がないよ」

頬を僅かに染めながら顔を綻ばす殿下に目を奪われ、言われた言葉を咀嚼するのに時間がかかった。ジワジワと頭が働き理解ができると——同じ学園に殿下がいる。その当たり前の事実を、現実として受け入れられるようになった。

何度も心の中で、殿下がいるのか……と、そう考えると胸のあたりにふんわりと温もりが広がっていくよう。さっきまでの不安だらけの心が少し軽くなり、殿下を側に感じることができる。それだけで力を貰えるような気がした。

「あの、私も……私も嬉しいです」

隣にいる殿下にギリギリ聞こえる程度の小さい呟きだった。それでも殿下には聞こえていたようだ。殿下は大きく目を見開いたあと、はにかむような笑みを私へ向けた。

そんな私たちの様子は周囲を驚かしたようで、足を止める人たちも多い。だが余裕のない私は周囲からの注目に気づくことなく、殿下と共に校舎へと入った。

そのため人混みの中、時を遡る前に聖女と呼ばれていた女生徒もまた、こちらをじっと見つめていたことにも気づくことはなかった。

「あー、やっぱり悪役令嬢がバグなのかな。おかしいと思ってたんだよね」

もちろん、彼女から発せられた声は私の耳に届くこともなかった。

殿下と二人で並び歩いていると、殿下は何かを考えついたかのように「そうだ」と呟く。

「ラシェル、放課後は空いている？　この学園は広いから迷ってしまう可能性もあるし、良ければ校内を案内するよ」

「校内……ですか？　有難い申し出ですが、お忙しい殿下の手を煩わせるわけには……」

殿下、ごめんなさい。この学園はよく知っています……なんて勿論言えるはずもない。

それと無く遠慮してみたが、落ち込んだように肩を落として「浮かれているのは私だけだな」と捨てられた子犬のような瞳で言われてしまい、ウッと言葉に詰まる。

「……あの、殿下のご迷惑にならないようであれば……お願いしたいです」

「もちろん迷惑なはずがない。では、放課後ラシェルの教室に迎えに行くよ」

シュンと眉を下げて悲しそうな雰囲気を出す殿下に、思わず首を横に振り案内を頼むと、殿下はパッと表情を明るくし、にっこりと微笑む。そんな殿下を苦笑しながら眺めていると、殿下は私から目線を僅かに横へとずらした。

その視線に誘われるように私も視線を動かすと、そこには《職員室》と札が掛かった部屋があった。

「あぁ、ここが職員室だよ。ラシェルの担任を呼んでくるから、ここで待っていて」

殿下は私が返答する前に、優しく微笑みながら職員室のドアをノックして部屋へと入っていった。

すぐに一人の男性教師を連れて戻って来ると、簡単に紹介をしてくれた。殿下を間にしながら挨拶を交わしていると、チャイムの音が鳴り響いた。

「あぁ、予鈴が鳴ったね。それじゃあ、私はもう行くけど、また後で会えるのを楽しみにしているから」

殿下は、鐘の音に気がつくと、優しく私の髪を一撫でし、どこか名残惜しそうに手を振り離れていった。離れていく後ろ姿を黙って見ていると、私の背後から「うーん、噂はあてにならないものだなぁ」という呟きが聞こえ、ハッと振り向く。

殿下が離れてしまったことで、少し心細いような気持ちになって、つい先生が隣にいることを忘れてしまっていたようだ。

先程の声は、私の担任教師のユーイング先生のもの。ちなみに、前回の2年時も、ユーイング先生が私のクラスの担任であった。

大型犬のように親しみのある笑顔を振り撒き、オレンジ色の短髪は所々ピョンピョンと跳ねている。そんなユーイング先生は生徒との距離も近く、明るい笑顔がよく似合う。年も20代後半と若いこともあり、とても人気のある先生だ。

そんなユーイング先生が頭を掻き、気まずそうに視線を逸らしながら「あー、言わなきゃだよな」と後ろを向きながら口籠る。

どうしたのだろう、と黙って様子を窺うと、先生は真面目な顔で振り返った。

「最初に伝えなければいけないことがあるんだ」

「はい、何でしょう」

「俺は男爵家の人間ではあるけど、教師は誰であっても生徒は平等に扱うことになる。だから君が王太子殿下の婚約者であり侯爵家の令嬢だからといって、態度を変えることはないと思ってほしい」

「ええ、もちろんです。ユーイング先生、これからよろしくお願いします」

私がユーイング先生に頭を下げたことが意外だったのか、先生は驚いたように目を丸くした。

——男爵家出身のくせに、私のことを平民の生徒とも同列に扱うですって⁉　なんて失礼な！　とか考えると思ったのですね、先生。ええ、言わなくても分かります。

先生が何を心配していたか、表情だけで簡単に想像がつき、つい心の中で苦笑する。

教師の中には下位貴族や平民もいる。だが学園内では、教師の立場の方が高位貴族の子息令嬢よりも上になる。前回はその事実に不満を持ったが、今は当たり前だと思う。

この学園は今後の国を支える人材を育てる場所だ。教師は皆能力をかわれてここにいるため、皆間違いなく優秀である。そして、生徒の憧れである魔術師団や騎士団は実力主義だ。つまりは、この学園は平等を謳う実力主義の縮図である。

とはいえ、一定のマナーを学ぶことは今後の社交界で重要となり、生徒間では暗黙の了解で身分を尊重している。特に令嬢達は実力主義とは関係のない所にいるため、身分はかなり重要といえるだろう。表では平等を謳い、裏では身分を重視するという社会の複雑さにおいて、どう立ち振る舞うかも学んでいかなければいけないのだ。

「では早速教室に向かおうか。君は1年生をスキップしているから、学園についても分からないことも多いだろう。何かあればいつでも聞いて欲しい」

「はい。お気遣いいただきありがとうございます」

ユーイング先生と共に連れ添って歩いた先には《2－A》の札が見える。

――残念。クラスは前と変わらないのね。

5クラスもあるのだから、別のクラスになる可能性もあるのではと期待していた。だが、そうもいかないらしい。私がこのクラスになるという事実は変わることがないのか。

ユーイング先生に見えない所で、こっそりと小さくため息を吐く。落胆を隠し無理やり笑みを作り、先生がドアを開けて入室していく後ろを私も着いていく。

教壇の横に立つと、生徒たちの視線が一斉に私へと注がれるのを感じる。恐る恐る教室内を見渡すと、見知った者たちの姿。

――やはり、彼女たちもこのクラスなのね。

私の視線の先には、彼女たちの姿。かつて友人と呼んでいた人たちが、席についてこちらへとにこやかな微笑みを向けていた。

「今日からこのクラスに編入することになった生徒を紹介する」

「ラシェル・マルセルです。諸事情により、今年度から学園に通うことになりました。親しくしていただけると嬉しいです」

「みんな、マルセルさんがわからないことは色々教えてやってほしい」

生徒たちの顔には、好奇心や歓迎を示す人たちが多い。だが中には無関心の人もいる。

前回はあまりクラスメイトにも興味を持ち接することはなかった。でもこうして見ると、当たり前のようだけど沢山の生徒がいる。

「それじゃあ、席はー。委員長の隣が空いているな」

ユーイング先生に委員長と呼ばれてサッと手を挙げたのは、赤茶色の長い髪を二つに分けて三つ編みにし、黒縁のメガネをかけた女生徒である。

あぁ、彼女は確か前回も委員長をしていたはず。確かナタリア・アボット伯爵令嬢。前回はちゃんと会話をしたことがなかった。それでも彼女の真面目で公平を好む性格は理解している。

「お隣失礼します。アボットさん、と呼んでも良いかしら」

「はい、マルセルさん」

「これからよろしくお願いします」

「はい、こちらこそ」

先生の指差した席へと移動すると、アボットさんはキリッとした目を緩め、にこやかに挨拶をしてくれた。

ユーイング先生は私が席に着くのを見届けると、出席を取り始める。続いて1学期の行事の説明をし、チャイムが鳴ったと同時に朝のホームルームは終了した。

先生はこのあと違うクラスの授業があるらしく、足早に教室を出て行った。すると、教室内は一斉にガヤガヤと話し声に溢れた。チラチラと周囲から視線を感じるが、誰かが私に話しかける様子もなく、遠巻きに見られているらしい。

その視線を追うように、目線を上げて辺りを見渡す。すると、皆一斉に顔を背けて視線を外した。

どうしよう、この気まずさ。よく考えてみたら、私はまず顔がキツくて怖そうなのかも。しかも侯爵令嬢。ついでに殿下の婚約者という肩書までついてくる。

話しかけて地雷でも踏んだら危ない相手じゃない！　よくよく考えてみればすぐにわかる。

……そりゃあ、誰も話しかけてはくれないわよね。

友人が欲しいと意気込んだのはいいが、果たして友達を作るにはどうすればいいのだろうか。

席に着き身を縮こませながら、友人作りは前途多難なのかもしれない、と頭を悩ます。

そっと隣のアボットさんへと目を向けると、彼女は教科書を出して黙々と予習を始めていた。

少しだけ……話しかけてみてもいいかしら。

あっ！　そうだ、次の授業の質問をしてみたらいいのかもしれない。ドキドキしながら、『アボットさん』と呼びかけようと口を開く。

だが私の発しようとした声は、私の名を呼ぶ誰かの声により掻き消されてしまった。

「お久しぶりです、ラシェル様」

声のほうへと顔を向けると、かつての友人カトリーナ・ヒギンズ侯爵令嬢がニッコリと微笑んで立っていた。

そのふわりと柔らかい声色にドキッとする。

長い金髪はキツく巻かれ、元々は垂れ目であるはずの目元はしっかりとメイクされていることで、そうとは見えない。真っ赤なリップが塗られた唇は、美しい笑みを浮かべている。

そう、このカトリーナ様は間違いなく、前回一番仲の良い友人だと思っていた人物だ。

その後ろに控えるように立つのは、伯爵令嬢のウィレミナとユーフェミアの双子。前回はカトリーナ様と私、そしてこの2人を合わせた4人でいつでも行動を共にしていた。

「……お久しぶりですね。カトリーナ様」

思わず顔に警戒心が露わになるのをグッと耐え、友好的な笑みを浮かべる。それにカトリーナ様は気を良くしたようでひとつ頷くと、眉を下げて気遣うように私の顔を覗き込んだ。

「随分心配したのですよ。連絡もくださらないし、私のことを忘れてしまったのかと」

「いえ、まさか。忘れるはずがありません」

「そうよね。私とラシェル様は親友ですものね」

親友……だったのかしら。

未だニッコリと微笑んだままのカトリーナ様は、後ろの双子を振り返ると「そうでしょう？」と同意を求めた。2人は、「ええ、勿論です」と声をそろえてカトリーナ様に追随する。

やはり彼女たちは今回も一緒にいるようだが、何故か違和感がある。もしかすると、2人が前回私にそうしていたように、今やカトリーナ様の顔色を窺っているように見えるからなのか。

私が昨年入学しなかったことが、友人関係に影響したのかもしれない。

カトリーナ様との出会いは、10歳の頃。我が家で開いたお茶会にヒギンズ侯爵夫人と共にカトリーナ様を母が招待した時からの付き合いだ。

同い年の私たちは、お茶会で一緒になることが多かった。徐々に会話も増え、互いの家を行き来し始めた。友人が少ない私にとって、ヒギンズ侯爵家はいつでも歓迎してくれたことが嬉しく、いつの間にか誘われるがまま毎週のように訪問していた。

ただその関係性が僅かに変化したのは、殿下の婚約者の話題が出始めた頃だった。

私とカトリーナ様は同じ侯爵令嬢であり殿下とも年が近いため、どちらかが殿下の婚約者に選ばれるだろうという噂があった。

結果私が選ばれた。ただ選ばれた理由は、やはり魔力の高さに他ならないだろう。とはいえ、カトリーナ様の魔力は貴族子女としては平均であり、決して少ないわけではない。

それでも、ヒギンズ侯爵家としてはあまり喜ばしいことではなかったのだろう。特に殿下の婚約者に娘を、と望んでいたヒギンズ侯爵夫人は、私に会うたびに嫉妬を隠し切れていなかったように思う。そのこともあってか、入学までの1年は疎遠がちになっていた。

過去を思い出していると、カトリーナ様はポンっと胸の前で手を合わせて、長い睫毛をパチパチと瞬かせる。

「そうだわ。ラシェル様、放課後は空いているかしら」

「放課後ですか？」

「ええ。私たち、放課後は大抵カフェテリアで過ごすことが多いのよ。宜しければご一緒にいかが？」

忘れていた。確かにあの当時、放課後はカフェテリアの窓際の決まった席で小一時間おしゃべりをすることが日課であった。今となっては何故毎日のようにあんなに話すことがあったのか、と思ってしまう。

でも放課後か。先程の殿下とのやり取り……確か、放課後に迎えに来てくれると仰っていた。

「申し訳ありません。放課後はちょっと……」

「あら、都合が合いませんでした?」

「えぇ、殿下に校舎を案内していただく予定でして」

申し訳なさそうに目を伏せると、カトリーナ様は殿下の名前が出たことが意外だったのか。瞳を見開き僅かに眉を寄せた。

だがそれは本当に一瞬のことで、すぐにまた綺麗な笑みを浮かべる。それでも瞳の奥は全く笑っておらず、むしろ苛立ちの色が滲んでいる。

「殿下に案内……さすが婚約者ですわね。でも殿下もお忙しいでしょうし、宜しければ私たちが案内しましょう」

「流石カトリーナ様!」

「えぇそうしましょう!」

カトリーナ様が、良いことを考えた！　と言わんばかりの顔をすると、双子がそれに賛成の言葉を口々にする。

「いえ、有難い申し出ですが……」

「折角久しぶりに会えたのですから！」

「もう約束しておりますので」

「遠慮なさらずに。殿下とはいつでもお話する機会があるでしょう？　でしたら……」

やんわりと断っていても、カトリーナ様は全く聞き入れる様子がない。それどころか殿下の名前を出す時は僅かにトゲを含んだ物言いをしている。

そういえば、前もこんな感じであったと苦笑する。きっと、以前の私はあまりに見えていないものが多かったのだろう。

前回はカトリーナ様の思うままに物事を動かされていたが、今はそうではない。やはりハッキリと断ろう。

意を決して口を開いた瞬間、

「その辺にしておいたら如何ですか、ヒギンズさん。マルセルさんが困っていますよ」

――え……？

凛とした声に視線を隣へと動かす。隣に座っているアボットさんが教科書をパタンと閉じ、厳しい声でカトリーナ様を嗜めた。

言われたカトリーナ様は、眉をひそめて「勝手に話に入らないでちょうだい」と苦言を呈されたことに機嫌を急降下させた。だが、アボットさんは全く気にする素振りもない。

「ヒギンズさん、もう授業が始まりますよ。お喋りがお好きなのは分かりましたが、そろそろ席に着いたらどうですか？」

「言われなくても分かっているわよ！」

カトリーナ様はアボットさんをキッと睨み付けながらも、渋々席へと戻っていく。一瞬遅れて双子もアボットさんをひと睨みした後、席へと戻っていった。

３人があっさり席に戻ったことで、呆気に取られながらも無意識にほっと息をつく。

この分だとまた何か言われる可能性があるし、今後も気持ちを強く持たなければいけない。そう考えながら、机の下でギュッと手を握りしめた。

それでもハッキリと物を言うアボットさんに尊敬の念を抱く。やはり過去を清算するには、アボットさんを見習うぐらいでなければいけないのかもしれない。

「アボットさん、ありがとうございます」

「いえ、出過ぎた真似をしました」

「そんな、本当に助かりました」

「うーん……前から彼女達に一言言いたかったんですよね、私。いい機会でした」

悪戯っ子のような笑みを浮かべるアボットさんに、私も思わず笑い声が漏れる。

「あの、アボットさん。良ければ授業がどこまで進んでいるか教えて貰えますか？」

「ええ、勿論」

この機会に、と先程考えていた言葉を口にすると、アボットさんは快く頷いてくれた。

その後間もなく教師が来たため、アボットさんとの会話はそこで終了した。だがその後も、授業の合間に何かとアボットさんと話す機会ができた。

最初は授業のことを聞いていたが、徐々にお互いの好きな本の話題があがる。そこで本の趣味が似通っていることで思った以上に話が弾んだ。結果、休み時間も気まずい思いをすることもなく、あっという間に初日の授業が全て終了した。

――あぁ、私はなんて勿体ないことをしていたのだろう。こんなにも素敵なクラスメイトがいたことを理解していなかったのだから。

新たに気がついたことはもう一つある。カトリーナ様は、アボットさんを苦手としているらしい。何度か視線を感じたが、アボットさんと会話をしている間は近づこうとしなかった。

そんな一日を無事に終え、肩に入っていた力も随分抜けたように感じる。机に並んだ教科書を片付けていると、教室の外がザワザワと賑やかなことに気づく。

――どうしたのかしら。

キョロキョロと教室を見渡すと、皆揃ってドアの外を興奮した様子で見つめている。

「お迎えが来たようですよ」

「え？」

アボットさんがドアの向こうを視線で指し示す。その視線に扉のほうへ顔を向けると、ドアから教室を覗き込む人影。

「ラシェル」

ドアから顔を出した殿下が甘い顔で微笑み、私の名を呼んだ。その蕩けるような優しい表情に、思わず顔が赤らむのを感じる。

だが、殿下の微笑みに衝撃を受けたのは私だけではなかったようだ。教室のあちこちから抑えきれない黄色い声や吐息が漏れた。

「もう行ける？」

「あっ、はい！」

殿下の声に慌てて机の横に掛けてある鞄を掴む。一歩足を前に踏み出すが、「あっ」と思い出し身体の向きを変えた。私が急に振り返ったことでアボットさんは驚きに目を丸くしている。

「アボットさん、今日はありがとうございました」

「いえ。また明日」

アボットさんに軽く頭を下げると、アボットさんは優しい微笑みで手を振ってくれた。気恥ずかしさもあるが、嬉しさが上回る。同じように「はい、また明日」と手を振り返したあと、私を優しい笑みで待ってくれていた殿下の元へと歩みを進めた。

「友人ができたようだね」

「とても素敵な方で、これから仲良くなれると……嬉しいです」

「大丈夫。互いを知っていくことで、更に仲良くなれるよ」

殿下は穏やかな瞳でアボットさんへと一度視線を向けると、「さぁ、行こうか」と私に声をかけた。殿下へと頷き返し、私たちは教室を後にした。

食堂、図書館、資料室、魔術練習棟など殿下は私が興味を持つ場所や、よく使う場所をメインに案内してくれた。もちろん私にとっては慣れ親しんだ場所なのだけど。

特に時間をかけたのは、以前私が足繁く通った図書館。教室棟から離れた一つの独立した建物であり、広さは勿論のこと三階建ての壁一面に本が並んでいる様は圧巻だ。

この場所、よく来ていたな。

懐かしさに思わずじんわりと胸の奥が熱くなり、無言になってしまう。殿下は私のそんな様子に、この場所を気に入ったようだと捉えたようで「これから来る機会も沢山あるだろう。またゆっくりと見ていくといいよ」と優しい顔で微笑んだ。

「疲れた？」

最後に屋上庭園へと案内してくれた殿下が、私の顔を気遣うように覗き込んだ。

首を左右に振り「大丈夫です」と答えたが、殿下は未だ心配そうな顔で私にベンチに座るように促した。その申し出に素直に従うと、殿下も私の隣に腰掛ける。

「この屋上庭園は、風が吹き抜けて気持ちがいい。私がこの学園で最も気に入っている場所なんだ」

「そうなのですか？」

「あぁ。人があまりいない穴場だからね。疲れた時とか一人になりたい時には丁度良い」

――……初めて聞いた。

定期的なお茶会は全て王宮へと訪問していたため、婚約者とはいえ、前回は学園内で殿下と会う機会があまりなかった。学年は違うし、私は生徒会にも入っていなかった。それに学園中を探しても殿下に会える機会は少なかったように思う。

常に人から見られている立場の殿下にとって、一人で過ごすこの場所はとても大事な時間なのだろう。

この屋上庭園は、通常生徒が使用しない研究棟の屋上にある。また、どちらかというとバラ園や中庭の方が人気が高いため、わざわざここまで足を延ばす人はあまりいない。だからこその穴場なのだろう。

でもその穴場を私に話してしまっていいのかしら。

「殿下の秘密の場所なのですよね？」

「あぁ、そうだよ。シリルも知らない私のサボり場だよ」

「殿下がサボる……イメージがないですね」

ははっ、と吹き出した殿下は「私も人の子だからね。一人になりたい時もあるよ」と楽しそうに笑った。

そうよね。殿下はいつだってスマートで仕事をしっかりとこなしている。でも、殿下だって当たり前のように疲れる時だってあるし、一人になりたい時だってあるのだろう。

常に注目を浴び、周りから期待されている殿下の重圧は、私の想像が及ばないほど大きいものだと思う。そんな殿下がひとりで息を吐ける場として、密かに大切にしているのか。

「だからさ、ラシェルも一人になりたい時とか、疲れた時にここを使うといいよ。息抜きしに来たときにラシェルがいたら私も嬉しいし、ね」

「え？　私もここにきても良いのでしょうか？」

「勿論。一緒に過ごせる場所が欲しいという下心も含まれているからね」

殿下は穏やかな微笑みで私を見つめた。殿下の言葉に自然と顔が綻ぶのを感じる。殿下の好きな場所を教えてもらえる。知らなかったことを知ることができる。

——何だか嬉しい。殿下の新しい一面を知るたびに、胸がほんのりと色付く。

風がふわっと優しく頬を掠めるのを感じながら、そっと殿下を見遣る。今まで優しい笑みを浮かべていた殿下が、ある一点を見つめて急に眉をひそめた。

何かあったのだろうか、と殿下の視線を追う。そこには私のよく知る人物がいた。

「エルネスト……」

従兄弟のエルネストが屋上庭園のドアを開けながら入ってくる様子が見える。

エルネストは後ろを向きながら、誰かと会話をしているようだ。でも誰と一緒なのかはドアが影になり確認できない。

「誰かと一緒にいるのでしょうか」

「あぁ、ラシェルの所からはちょうど見えないのか」

「はい。エルネストは見えるのですが……」

「あまり気にしなくていいよ」

殿下は眉を下げて苦笑いになりながら、「見つかると面倒だから向こうのドアから出ようか」と言うとベンチから腰を上げる。

……面倒？

エルネストに会うと面倒なことがあるのだろうか。エルネストとは、将来の側近候補として昔から親しくしていたように思うけど。

殿下の言葉に首を傾げながらも、言われたままに立ち上がる。殿下は私が立ちあがったのを確認すると、出口の方へと向かった。

「殿下！」

背を向けた後ろから、鈴を転がすような可愛らしい声が聞こえてくる。その声に思わず振り向くと、ピンク色の髪を風に靡かせながら、女の子が足早に近づいてくるのが見える。

——あっ、あの方は！

チラッと殿下の様子を覗き見ると、殿下は一瞬でいつもの義務的な微笑みを顔に付けた。

一瞬で変化した殿下の様子に気を取られていると、女生徒が殿下の前に立ち「会えて嬉しいです！」とニコニコと可愛らしい笑顔で声をかけている。遅れて、エルネストが彼女の後ろからやってくると、私に向き合うように立った。

「ラシェル、久しぶり。元気そうで本当に良かったよ」

「ええ、エルネストにも心配をかけてごめんなさい」

「いや、君がこうしてまた学園に通えるようになって良かったよ。伯父上からもくれぐれも宜しくと頼まれているからな」

「何か困ったことがあったらいつでも言うんだぞ」

エルネストは騎士を目指しているだけあって、日々鍛錬をしていることがわかる引き締まった体型をしている。

その大きな体を僅かに丸めながら私に視線を合わせ、私の頭を軽く撫でた。「子供じゃないんだから」と思わず抗議すると、エルネストはカラッとした笑い声をあげた。

いつでも頼りになる兄のようで、誰にでも面倒見が良い。ただ、父に言わせると『あいつは弟に似て脳筋だからな』だそうだ。

「いくら従兄妹同士とはいえ、頭を撫でるのはどうなのかな?」

和やかな雰囲気にピシッと冷気が流れ込むような厳しい声が聞こえる。

「殿下、これは失礼しました。……つい」

「つい、ね。癖でやってしまう程よく撫でているのかな?」

「いえいえ！　幼い頃の話で」

「ふーん、そう。でも、もう幼くないからやらなくていいよね」

殿下はいつもの倍も爽やかな笑みを浮かべみながら、私の肩に腕を回す。エルネストは殿下の様子に口をポカンと開けて目を丸くすると「シリルが言っていたことは本当なのか」と小さく呟いた。

シリルって聞こえた？　何をエルネストに伝えたのかしら……。

シリルの姿を思い浮かべながら不思議に感じていると、視界の先でエルネストの裾をちょんちょんと引っ張る手が見えた。エルネストもまたそれに気づき、慌てて謝罪を口にした。

「ごめん！　俺たちだけで話し込んで……。殿下は知っているよね。こっちは俺の従姉妹で今日から君と同じ2年生に編入してきたんだ」

エルネストが私のことを紹介していると、女生徒は一歩私の方へと近づき、手を自分の胸の前で組んだ。

「あのっ、初めまして……ですよね？」

私の方をじっと見つめる瞳と目が合う。同時にコテン、と首を傾げることでピンクのふわっとした髪が柔らかく揺れた。

小柄な彼女は、私が女性にしては高身長なこともあり、自然と上目遣いで私を見つめる。丸く大きな瞳と、オドオドとした姿はどこか小動物を思わせる。

思ったよりも早い彼女との出会いに、内心ドキドキが止まらない私を他所に、彼女は目を細めながら、陽だまりのような笑みを私に向けた。

「あの、私……アンナ・キャロルです！」

アンナ・キャロル男爵令嬢。もちろん、忘れるはずがない。

前回、私が何度も害そうとしたことに対して慈愛の微笑みで許そうとしてくれた方。今は何もしていないとはいえ、過去のことは私の中でなかったことにはできない。彼女を前にすると、過去の自分の醜さが露わになるようで恥ずかしさを感じる。

それでも私はその事実に目を背けてはいけないし、今度は前のような自分にはなりたくない。決意を新たにし、後の聖女であるキャロル男爵令嬢へと、心の中で敬意を抱き微笑む。

「ラシェル・マルセルです」

私が名乗ると、その大きな瞳を更に見開き、驚愕した表情をみせた。だがその表情は一瞬のことで、すぐに瞳を輝かせて嬉しそうに微笑む。

――どうしたのかしら。何かに驚いたように見えたけど……。

「エルくん……あっ、エルネストさんの従姉妹さんなんですよね！　私も仲良くしたいです。ぜひ、アンナと呼んでくださいね」

「では、私のこともラシェルと」

「わぁ、嬉しいです！　ラシェルさん、よろしくお願いしますね！」

キャロル男爵令嬢もといアンナさんは、元気のいい明るい声と共に、私の手を取りギュッと両手で握った。

──え？

女性同士とはいえ、さほど親しくない人の手を握るという行為は普通しない。あっけに取られ驚く私に気づいてないのか、アンナさんはニコニコと笑顔を向けた。

だが、すかさず綺麗な微笑みを浮かべた殿下が、器用にアンナさんの手には触れずに私の手を抜き取る。

「キャロル嬢、あまりそういった行動は褒められるものではないよ」

「あ！　ごめんなさい……」

「いえ、驚いてしまっただけですので。お気になさらないで」

シュンっと肩を落として申し訳無さそうにするアンナさんに、慌てて否定する。

「私、田舎の男爵家出身で入学するまでずっと領地にいたので、マナーに疎い所があるんです。だからなのか、まだ特別仲の良い女の子がいないので、ラシェルさんと仲良くなれると思ったら、嬉しくて……。驚かせてしまって本当にごめんなさい」

「アンナは性格も良いし、成績だって優秀なんだ。でもまだ王都に来て1年だから慣れないことも多いそうなんだ」

「そうなのですね。勝手が違うと、慣れるまでは大変ですよね」

「あぁ。だからラシェルもアンナと仲良くしてやってほしい」

エルネストがアンナさんを見つめる瞳はとても優しいもので、とても大事にしている様子がわかる。隣にいるアンナさんは眉を下げて、潤んだ瞳で私をじっと見つめる。

――うっ……。やっぱり小動物みたいで可愛らしい。こんな顔で見つめられたら頷かない訳にはいかないわ。

「あの、私で良ければ……」

「わぁ！　ラシェルさん、ありがとうございます！」

今にも飛び跳ねそうなほどに喜びの声を上げるアンナさんに、思わず笑みが溢れる。

やっぱり可愛らしい方ね。確かに貴族の子女にはいないタイプかもしれない。だが素直に顔に出るところが、マルセル領の教会で親しくなったミーナを思い出させる。

そう思うとあまり厳しいことも言えないわ。王都に来て1年と言っていたし、これから貴族社会のことも更に学んでいくはずよね。

以前の私であれば、そうは考えなかった。男爵令嬢とはいえ、貴族であるならその家を代表した振る舞いをしなければならない。学園という場でさえマナーがなっていない人とは挨拶もしようとはしなかった。

私もアンナさんも育った環境が違えば、価値観や足りないものだって違う。マナーであったり学問であったり、この学園で各自の必要な物を身につけ学んでいけばいいのだろう。

そういったことを理解していないと、色んな人との出会いを無駄にしてしまうもの。

ただ少しだけ。微かな違和感があることもまた事実。

記憶の中の聖女様と彼女が完全に一致しない。友人も男女共に親しい人に囲まれていたように思うし。エルネストともこんなに親しかっただろうか……。

だがそれに関しては、前は一方的に嫉妬して絡んでいただけで、彼女の人となりを理解しようと努めていなかった。だからこそ、感じる違和感なのかもしれない。

そう。……気のせいよね。せっかく彼女と親しくなれる機会を貰えたのだもの。傷つけた過去を償って、新たな関係性を結べるように努力しないと。

そんな決意をしていると、隣で殿下が「そろそろ」と切り出す。

「ラシェルも初日だし、体も強い訳じゃないから。もう失礼するよ」

「ごめんなさい！　私……」

「気になさらないで。ぜひまたお話ししましょうね」

「はい！」

申し訳なさそうにするアンナさんを殿下は一瞥もせず、私の腰を支えると出口へと向きを変える。殿下にしては珍しく冷え冷えとした微笑みのまま、振り向きもせず真っ直ぐに歩いていく姿に思わず首を傾げる。

「殿下、あの、私は大丈夫ですが……」

「もういいだろう」

「でも折角……」

小声で殿下に話しかけるが、ピシャリと突っぱねる声が返ってきた。

沈黙の中で、ドアが閉まる音だけが後ろから聞こえた。すると殿下は私に向き合うように立ち、両肩に手をついて真剣な顔つきをした。

「あまり彼女とは関わらないでほしい」

「何故ですか?」

「……あまり良い予感がしないんだ」

「え?」

ボソッと呟かれた小さな声は私の耳には届かなかった。

聞き返した私に、殿下は困ったように眉を下げて笑いながら「気にしないでくれ」と首を振り、直ぐにいつもの優しい笑みに戻った。

「いや。折角の2人の時間も大切にしたいと思ってね」

「なっ、殿下!」

「はは、本当のことだよ。さぁ、遅くなってしまったから馬車まで送っていくよ」

殿下の言葉に思わず赤くなる私に、殿下は楽しそうに目を細めて笑う。

そして殿下に促されて歩き出すが、ふと後ろが気になり、ドアをチラッと振り返る。ガラス扉の向こうでエルネストとアンナさんが会話をしている姿が小さく見えた。だが閉まったドアからは声が漏れることはなかった。


「ねぇ、エルくん。ラシェルさんって体弱いの？」

「あー、病み上がりって感じかな。今は大丈夫だけど、殿下は随分過保護になったようだね」

「ふぅーん。……そんな設定あったかな？　……とりあえず、悪役令嬢に近づいて調べた方がいいよね」

「ん？　何か言った？」

「ううん！　何でもなーい！」

扉の向こうでアンナさんとエルネストがそんなやり取りをしていたことも、もちろん私は知ることなく、殿下と共に馬車まで向かった。

編入してから早二週間、学園生活は順調と言ってもいいだろう。何より、あれから更にアボットさんと仲良くなることができた。

挨拶は気軽にするようになり、更に昼食も一緒に食堂でとるようになった。しかも先日はオススメの本を貸してもらった。

おこがましい事かもしれないが……もしかするとアボットさんのことを……友人、と呼んでもいいのかしら、とそんな考えが頭を過ぎる。

こういう事はお互い確認すべきなのかしら。何しろ、まともに友達というものができたことがないため、一人で舞い上がって勘違いしている可能性もある。私だけが友人だと思っていて、アボットさんはそう思っていないのかもしれない。

——それって……。とても迷惑な話よね。

このままではモヤモヤしてしまうと思い、お昼休みに一緒に食堂でランチを取る際に、意を決して尋ねてみた。

「私たちが友人かどうか？」

目の前のアボットさんは私の質問に怪訝そうに眉を寄せながら、目の前のハンバーグを一口食べると静かにフォークを置いた。

「それって大事かしら」

「勝手に友人だなんて思われていたら迷惑に感じない？」

「迷惑？　ないない。マルセルさんは私のことを友人だと思ってくれているのでしょう？」

「……そうであれば良いな、と思っています」

「それなら良いじゃない。友人なんて、言葉で確認し合うことには何の意味もないと思う。お互い気があって一緒にいて楽しいこと。大事なのはそれだけよ」

　言葉には何も意味がない、か。

　確かに私はカトリーナ様たちと『私たちは仲の良い友人』などとあえて言葉にしていた部分がある。それが絆を深めて、関係性を強くすると思っていたから。

　でもアボットさんの言うことも分かる。

「ただ、私は本の貸し借りをしたり、ご飯を一緒に食べたり、気軽にお話をする人は友人だと思っているわ」

「それって……」

「私もあなたと親しくなれて嬉しいってこと」

「アボットさん！」

「ほら、私って委員長に風紀委員までやっているでしょ。変に緊張感を与えているみたいで、クラスメイトとも普通に仲は良いとは思うけど少し距離を感じるのよね。だから、マルセルさんとこんな風に一緒にランチを食べたりして……正直言うと、私も浮かれているわ」

アボットさんは眼鏡の下の視線をトレーに乗った食器へと向けると、恥ずかしそうに「ほら、早く食べないと授業に遅れるわよ」と唇を尖らせながら言った。

思わず頬が緩むのを感じる。まだ親しくなってから時間は経っていない。それでもアボットさんの厳しい口調ながらも、誰よりも面倒見が良くて優しい所が素敵だと感じる。

何より、カトリーナ様は登校初日に絡まれて以降は、私に近寄りもしない。お昼休みに何度かカトリーナ様が近づいたタイミングで、すかさずアボットさんに先に声をかけられるからだ。そうすると、カトリーナ様は嫌そうに顔を歪めてフンッと顔を背けてどこかに行ってしまう。

そんなにも苦手意識を持つ何かが、私の知らない所であったのかもしれない。それでもアボットさんに助けてもらっているのは事実だ。

「そうそう！　この間貸した本の新刊が今日出るの。読み終わったらまた貸すわね」

「いいの？　ありがとう。とても面白くて続きが気になっていたの」

「えぇ。でも本屋に行くとつい違う本まで買い込んでしまうから、部屋の本棚がいっぱいで、もう入らないかもしれないわ」

「本屋に買いに行くの？」

「わざわざ買いに行くのは珍しいわよね。でも実際に行ってみると新刊も沢山チェックできるし、そっちの方が断然良いのよ」

大抵の貴族の家には本屋へと足を運ばなくても、興味のある分野、欲しいものを厳選して屋敷へと運んでくれる。それを自分で選び、要らないものは返却する。

そのため、私自身は本屋に行ったことはない。だが、アボットさんの話に聞く本屋はとても楽しそうな場所だ。思った以上に興味を持った顔をしていたのだろう。アボットさんは私の様子に目を細めて笑うと「今度一緒に行く?」と聞いてくれた。

「ぜひ行ってみたいわ」

「ふふっ、いいわ。じゃあ約束ね」

……約束。何だろう。この気分が高揚してワクワクする感覚。領地では街を結構歩いたし、商店や市場を覗いたりもした。でも、それとはどこか違うような気がする。

友達との約束、それがこんなにも嬉しくなるものだとは知らなかった。

お昼休みの後は、授業中にもかかわらずふと思い出してつい顔が笑ってしまった。すると直ぐにアボットさんから《集中しなさい》と言わんばかりに指でツンツンと腕を突かれ、ハッとすることがあった。

「まったく。本屋ぐらいで思い出し笑いをするなんて」

「ごめんなさい。つい……」

「でもそれぐらい楽しみにしてくれているってことでしょ」

下校のために馬車乗り場へと向かうため、アボットさんと並んで歩く。やっぱり、私が何で笑っていたのか分かってしまったのね。

「あっ、あれマルセルさんの馬車ね」

「えぇ、また明日お話聞かせてくれる？」

「もちろん」

アボットさんと向かい合い、「また明日」と手を上げて別れようと背を向ける。我が家の御者が馬車のドアを開けるのを視界に捉えたその瞬間、馬車からサッと降りて走ってくる黒猫。

──……黒猫？　えっ、黒猫？　クロ⁉

家で留守番をしているはずのクロが私目掛けて走って来る様子に、私は戸惑いが隠せなかった。いつも家で待っているのに、何故？　とそんな疑問ばかり。

私の焦りなどクロは全く気にした様子もなく『ニャー』と鳴きながら（抱っこして）とでも言うように私のブーツの上に前足を乗せている。

「……黒猫？」

その声にハッとして恐る恐る振り返ると、驚いたように目を見張りながらクロを凝視しているアボットさんの姿。

アボットさん、精霊……見えるのですね。さすがアボットさん。成績優秀なだけでなくて、魔力もかなり強い方なのですね。

思わず足元で鳴いているクロとアボットさんを交互に見つめる。その場に立ち竦んだ私は、これからどう説明するべきかと、つい顔が引きつってしまった。

だが、これ以上クロを人目に触れさせる訳にはいかない。そのため、アボットさんを我が家の馬車の中へと誘い、その中で大まかな説明をすることにした。

「つまり、教会から発表された《闇の精霊を認める》というのは、マルセルさんのことだったということ？」

「はい……そうです」

「ではその子は本当に闇の精霊……なのね」

クロは冷や汗を掻きながら説明する私を気にも留めずに、鞄をペシペシと叩いて、何かを訴えるように私の膝に乗ってきた。

「クロ、ごめんね。今はお菓子を持っていないのよ」

クロは私の言葉に、一気に鞄に対して興味がなくなったようで、今度はアボットさんのほうへトコトコと向かい、じっと見つめている。

「こんなものしかないけど……食べるかしら」

アボットさんは困ったように笑うと、鞄の中から袋を取り出して中に入ったクッキーを一つ、クロへと差し出した。クロは目を輝かせたようにアボットさんに近づき、口でパクッとクッキーを咥えると、ピョンと飛び降りて、私の足元でモグモグと食べ始めた。

「催促したようで、ごめんなさい」

「いいえ、本屋に行く間にお腹空くかと思って持ってきていたの。精霊がお菓子を食べるなんて知らなかったけど、食べている姿はとても可愛らしいわね」

私の説明にアボットさんはただ黙って聞いてくれた。きっと驚くことも多いはずなのに、クロや私に対し、戸惑いながらも優しく微笑むアボットさんに胸が熱くなる。

「簡単な説明しかできなくてごめんなさい」

「良いのよ。本当なら誰にも話してはいけないことなのでしょう?」

教会からは既に闇の精霊を正式に認める発表がされている。それでも未だ私が闇の精霊と契約したことを公にしていないのは、この間のマルセル領でのことが大きい。

闇の精霊については、未知のものへの恐れを抱く人がいる懸念は払拭しきれていない。今は大教会の神官たちが闇の精霊は畏怖ではなく崇敬の対象であることを世間に広めている段階だ。

秋に2学年の精霊召喚の儀が予定されているため、それに合わせて私の契約についても発表される予定になっている。

「アボットさんはどう思いますか。闇の精霊について」

「闇の精霊がどのような力を持っているのか、想像も出来ないわ」

「そうですよね。この子は低位精霊なので、特別に何か力を持っている訳ではないの」

「そうなのね。ただ《闇》とだけ聞くと、何も知らない分勝手な想像で良いイメージは持たれにくいとは思う。……でもこの子を見ていればそれが杞憂だと分かるわね」

アボットさんは身を屈めながらクロを優しく見つめ、頭をひと撫でした。

客観的に物事を見ることができるアボットさんがこう考えるのだから、精霊を見ることができない大多数の人はどう感じるだろうか。

「それでも、実際にクロを見ることができる人は限られているのよね。想像ほど恐ろしいものはないもの」

「そうね。ただ王家も教会も後ろ盾にいるのだから、貴方に危害を加える人はいないでしょう。……ただ、それでも注意しなければいけないのは、人の噂ね」

「噂……」

「直接の被害がなくても、噂を止めるのは難しいし、噂を罰することは難しいもの」

確かに噂はあっという間に広がるものだ。全く見当違いなことが世間に広がってしまうと、それを訂正していくことは難しいだろう。

「それでも、契約者がマルセルさんだからいいのかも」

「どういうこと？」

「貴方は凛とした近寄り難い雰囲気を持っている。けれど、同時に王太子殿下の婚約者でもあり、注目と憧れの対象でもあるでしょ。だから、貴方が闇の精霊と契約した。それだけで皆、この国は今までにない更なる加護を手に入れたと思うかもしれない。伝え方やタイミングでいくらでも良い方向に持っていけると思うわ」

「印象操作ということ？」

「そう。隠すのではなく、積極的に知ってもらうことで、好意的に受け止められるようにするのも手ではないかしら」

隠すのではなく、知ってもらう。確かに闇の精霊に関して私が何かをした、ということはない。教会との話し合いだって殿下が全て丸く納めてくれた。特性を調べるのも私には力不足だ。それでも、世間の人に実際契約をした私が働き掛けるのは有効かもしれない。

「確かにそうかもしれない。ありがとう、アボットさん」

「でも公にすると言うことは危険も伴う可能性があるわ。よく婚約者様に相談するべきね」

「えぇ、そうね」

アボットさんは肩を竦めて「もちろん私だって助けるわよ」と眉を下げて心配そうに笑った。

こんな風に考えてくれる人が近くにいる。それだけで勇気を貰える気がした。

数日後、殿下が我が家に訪問した際、アボットさんとの会話の詳細を伝えた。すると真剣な表情で私の話をじっくりと聞く体勢を取った殿下は、顎に手を当てて考え込むと、「確かに一理ある」と小さく呟いた。

「私の考えとしては、まずは精霊が見える人たちへの働きかけをして行きたいと考えています。実際にクロを見てもらえれば、危険性がないのはわかりますから」

「あぁ、そうだろうな。実際に見た者は精霊を見ることができない者たちへも伝えていくだろう。それで良いイメージが人々に伝わることはいいことなのだろうな」

「では！」

私が若干身を乗り出すと、殿下は私がテーブルに置いた片手を、大きな手でギュッと包み込んだ。そして力のこもった真剣な眼差しを私に向けた。

「だが、もう君を失いたくない」

「殿下……」

「あの時の、君がアロイスに攫われたと聞いた時のこと。正直、あんなにも肝が冷えたのは初めてだったよ。だからこそ、君を守りたいがために慎重になり過ぎていたことは認めるよ」

殿下は握りしめていた私の手を今度は両手で優しく握り直す。

あの時、神官様は私を害そうとして攫った訳ではない。でも、殿下は私を一刻も早く助けようと奔走し、駆けつけてくれた。

殿下が現れた時の安堵を思い出し、心に花が咲くかのような潤いを感じる。

「殿下、ありがとうございます。いつだって貴方は私を守ってくださいます」

「あぁ、勿論これからだって守ってみせるよ」

殿下の言葉に、存在に、私はどれほど助けられているのだろうか。殿下にその気持ちを伝えたくても、どう伝えることが正しいのかが分からず、感謝の言葉を口にした。

そんな私に、殿下はまた柔らかく目を細めて微笑んだ。

だが、そんな殿下との平穏な時をあざ笑うが如く、見計らったかのように学園内にある噂が瞬く間に広まった。

その噂というのは、私が闇の精霊と契約したこと。そして闇の精霊が邪悪な存在ではないか、というものであった。

# 2章　悪意ある噂

「ねぇ、聞いた？」

「あれでしょ、マルセル侯爵令嬢が闇の精霊と契約したっていう話」

「王太子殿下は、本当はマルセル嬢との婚約を破棄したいらしい」

「……まぁ、そうだよな。婚約者が闇のってなると」

「マルセル様に近づいたら良くないことが起こるって本当⁉」

「しっ！　……ほら、本人来たわよ」

私が教室のドアを開けると、騒めいていた教室内が一瞬でシンと静まり返る。毎日毎日こんな反応をされては、どういう顔をすれば良いのか分からない。

どこから噂が広まったのかは不明だが、私が闇の精霊と契約した事実と共に、悪意のあるものが多々囁かれている。

その事実に気がついた殿下も、噂の収束を図ろうと探ってくれている。

だが私に関しては、元々遠巻きに見られていると自覚していたが、最近は更に輪を掛けてその状態にある。目が合うだけで、相手の顔が恐怖に引きつる様は本当に落ち込む。

この状況に心配してくれたアボットさんができるだけ側にいてくれているが、正直どう対応するべきなのか考えあぐねている。

鬱々とした気分のまま今日も一日が終わる。風紀委員の集まりがあるからと心配しながら教室を後にするアボットさんに、心配かけまいと微笑みながら手を振る。

……早めにどうにかしないと。いつまでもこんな状態だと、殿下やアボットさんにも迷惑をかけっぱなしだわ。

思わず口から漏れるため息を呑み込みながら帰り支度をしていると、背後から私の名を呼ぶ声に、ビクッと肩が揺れる。

「ラシェル様、少し宜しいですか？」

「カトリーナ様……」

「実はあの噂の件で、お耳に入れたいことが」

カトリーナ様は優雅な微笑みを麗しい顔にのせ、私の耳元で囁いた。

――噂……。

思わず警戒心からカトリーナ様に向ける視線が厳しくなる。カトリーナ様は可笑しそうにクスクス笑いながら「まぁ、怖い顔」と口元を手で隠してわざとらしく驚いてみせた。

ここでカトリーナ様の話を聞く必要があるのかどうか。瞬時に頭の中で様々な問題が駆け巡る。だが、一度彼女とも話す必要があるとは考えていたし、今は丁度いい機会なのかもしれない。そう考えて、カトリーナ様に了承を伝える。

するとカトリーナ様が私を連れてきたのは、いつものカフェテリアの窓際の席だった。既に双子たちも来ていたようで、私たちを見つけると微笑んで、席に座るように促した。

カフェテリアには殆ど人が居らず、離れた距離にまばらに数人がいる程度。この分だと会話を聞かれる可能性はなさそうかと周囲を見渡した。

丸テーブルを囲むように座ると、カトリーナ様は意味深な微笑みを浮かべ、たっぷりの沈黙を破るべく真っ赤な唇を開いた。

「私、あの噂に憤っておりますの。皆さん勝手なことばかりでしょう？　でも、私も信じられないのよ。ラシェル様がまさか……闇の精霊なんて、ね」

カトリーナ様は目を細めて笑い、両隣に座っているウィレミナとユーフェミアに同意を求めるように、ゆっくりと視線を移した。

2人はそれに答えるように「えぇ、本当に」と何処か馬鹿にしたような歪んだ笑みを浮かべて、大きく頷く。

「ラシェル様もさぞお辛いことでしょうね」

「私は辛いだなんて感じたことはありません。それどころか闇の精霊と契約できたことは、とても光栄なことだと思っています」

「あら、私たち友達じゃない。本音で話していただいて結構ですのに」

どこか含みをもった言葉を次々にかけてくる。カトリーナ様は何が言いたいのだろうか。私も張り付けた笑みを浮かべるが、つい探るような目線を投げかけてしまう。

すると、カトリーナ様は困ったように頬に手を当て、ひとつため息を吐く。

「殿下とも前はあまり仲が良さそうではなかったのに、急に睦まじくなって。一体ラシェル様はどんな手を使ったのかしら。ぜひ聞きたいわ」

「殿下はいつでもお優しい方ですので」

「ええ、存じておりますよ。婚約者がこんな状況で嘆かわしいでしょうにね」

「……どういう意味です?」

「優しい殿下は婚約者の問題も自分のものと考えて、心労が募っているかもしれませんわ。それが私、心苦しくて……。どうにかして差し上げたいと思っているのですわ」

「それは、私が殿下の婚約者として相応しくないと?」

思わず強張りそうになる顔を無理やり微笑みに変える。

彼女が言いたいことは分かる。私が殿下に迷惑をかけているのだから、早くその座を降りろ、と遠回しに言っているのだろう。

その空いた席には、いつでも収まる用意がある。そう言いたいのだと易々と考えがつく。

「あら、心外ですわ！　私はただ、母に言われているのですよ。もし貴方に何かあれば、私は殿下の婚約者にならなければいけない、と。魔力では貴方に劣りましたけど、家格だって容姿だって気品だって何一つ劣る要素はありませんもの」

やはり、ヒギンズ侯爵夫人は娘を殿下の妃とする夢を諦めていなかったのか。

前回のことも、当然私が間違っていたことは確かではあるが、カトリーナ様が裏で私を殿下の婚約者の座から降ろすため、聖女に対する悪意を煽りに煽っていた。

きっと今回もどうにかして殿下から離そうと考えるだろうとは思っていた。

「それにしても、黒猫とは。闇の精霊も可愛らしいのね」

カトリーナ様から発せられた《黒猫》という言葉に、ハッとウィレミナのほうを見た。すると、彼女は意味深な笑みを浮かべた。

なぜ急に噂が出回ったのかと不思議だったが、これで大体のことが把握できた。

「……そう。そういうことなのね。確か、ウィレミナ様は魔力が高いそうですね」

時を遡る前の生において、彼女もまた精霊召喚の儀に私と共に参加していた。もしかしたら、先日クロが馬車から出てきた時にウィレミナに見られていたのかもしれない。

彼女が見たとしたら、まずカトリーナ様に報告するだろう。そして、いつだって殿下の婚約者の座を狙っていたカトリーナ様がこれを利用しないはずがない。

今回の件、カトリーナ様が裏で糸を引いていたのか。

カトリーナ様の人脈は広いからこそ、学園内に噂を誇張して広げるなど簡単だろう。私を孤立させ、殿下との不仲を広め、婚約者の座から引き摺り下ろそうという考えか。

「そうそう！　もう一つ面白いことがあるのよ。お父様が言っていたのだけど」

「ヒギンズ侯爵が？」

「えぇ、父が言うには……殿下が王宮図書館にしばらく篭りきりだったそうなの。それで、どうやら魔力についての本を何十冊も読み込んで、何かを調べているらしい、とね」

「なっ……」

殿下の様子も探っていたとは。

ヒギンズ侯爵は出世欲が強く、王家とも繋がりを欲していると聞いたことがある。それが本当だとしたら。娘を妃に望んでいるのは侯爵夫人だけでないのかもしれない。

「そういえば、ラシェル様。魔力枯渇ってご存知？　原因不明で魔力がなくなってしまうのですって」

《魔力枯渇》の言葉に時が止まったかのようにピシリ、と頭の中で音が弾けた。

今、なんと言った？　魔力枯渇……と言わなかったか。

カトリーナ様は気づいている。どこから話が漏れたのかは分からない。でも彼女は私の現在の状況の大まかなことを知っている。

更なる警戒心に、微笑みを浮かべるのさえ忘れ、カトリーナ様へ厳しい視線を投げつける。当のカトリーナ様は、私の様子に更に笑みを深めた。

「ねぇ、ラシェル様。今、あのご自慢の水魔法、使えるのかしら？」

カトリーナ様はその美しい顔にまるで少女のような幼い笑みを浮かべて、今すぐにでも笑い出しそうな声で更に続ける。

「これが本当だったら、魔力の高さで選ばれた貴方の立場などないわよね」

カトリーナ様の言葉に思わず唇をかむ。言われたことは本当のことだ。クロの力がなければ、今の私は自力で歩くこともままならず、魔術だって簡単なものでさえ操ることはできない。

自分でも分かっている。いくら殿下が望んでくれているからとして、自分が王太子妃、ましてや後の王妃としていかに力不足であるかを。

もちろん、殿下の気持ちを疑う気持ちは一切ない。そうではなく、問題は自分の自信のなさなのだ。自信を持って殿下の隣に立てると、そう言えない自分に腹が立つ。

「もう十分でしょう？　元々少しの間その席を貴方に貸していただけのつもりなのだもの。そろそろ本来の持ち主に返してくださらないと」

何も答えない私にカトリーナ様は勝ち誇ったような笑みを浮かべた。

「あら。図星をつかれて何も言えなくなってしまったようね。でも大丈夫よ。貴方よりも私はもっと国母として皆から慕われるようになりますもの。そうね、貴方が殿下の婚約者だったことなんて、すぐに皆忘れてしまうわ」

「……悪意ある噂を流すような人に国母が務まるとでもいうのですか」

「あら、私は本当の事を皆さんに教えてあげたのよ。闇の精霊だって、本当に国にとって必要かさえ分からないじゃないの。それに……闇なんて、響きからして邪悪じゃない」

「何てことを！　精霊を侮辱するつもりですか」

目の前のカトリーナ様は、「まぁ！」と口元に手を当てると、我慢しきれないように笑い声を漏らす。両隣のウィレミナとユーフェミアも堪らずといった様子でクスクスと笑い始めた。

——精霊に何てことを。

笑い続けるカトリーナ様たちに、この人たちに何を言っても伝わらない、と悔しく感じる。

同時に、胸の奥深くでふつふつと沸き上がる怒りを感じる。

——落ち着け、落ち着くのよ。

思わず耳を塞ぎたくなるような言葉に、ぎゅっと目を閉じて冷静さを取り戻そうとする。

ゆっくりと深呼吸をし、もう一度目の前のカトリーナ様を見据える。すると、三人の顔が徐々に蒼褪めて、私の後方へと視線を向けながら、口をパクパクと動かしている。

——何？

思わず眉を寄せて彼女たちをじっと見つめる。

後ろ？　彼女たちの様子が急に変化したことを不審に感じ、振り返ろうとしたその時。

「興味深い話をしているね。私にも聞かせてくれるかな」

急に背後から冷え冷えとした声が聞こえ、ビクッと肩が飛び跳ねる。慌てて振り向くと、氷を纏ったかのような、寒々しい微笑みを浮かべた殿下の姿があった。

「殿下！　何故ここに……」

「これは違うのです！」

「わ、私は関係ありません」

殿下の更に深まった微笑みに3人の顔は更に蒼褪め、瞬時に状況を察したかのようなカトリーナ様がハッとしたように口を開き、起立した。

それに続くかのように、双子たちは立ち上がって殿下に媚を売るかのように深く礼をし、引きつった笑みで否定の言葉を口にした。

私も続いて立ち上がろうとすると、殿下は私に座っているようにと手で制した。

「ラシェルは頭の悪い……いや、頭の痛くなるような話で疲れただろう。あとは、私がこの三人と話をするとしよう。さぁ、色々聞きたいこともあるし、君たちも座ったらどうだ」

殿下は隣のテーブルから椅子を一脚運ぶと私の隣に置き、そこへ腰かけた。

カトリーナ様たちも殿下の言葉に断ることができないのであろう。様子を窺いながら、恐る恐るといった様子で座った。

「さて、先程の会話はどのようなものかな」

「いえ、ただの友人同士の会話ですわ。最近ラシェル様はあの噂のせいでお困りな様子でしたから……私心配で。何といっても幼い頃からの親友ですから」

殿下の問いかけに、カトリーナ様は眉を下げ悲しそうな表情を見せる。その顔は彼女の裏の顔を知らなければ、簡単に騙されそうなほどであった。

心配？　よくそのような言葉が……。

思わずテーブルの下で握りしめた拳に力が入ってしまう。すると、その力を和らげるように、温かく優しい大きな手がふわりと乗せられた。

ハッと殿下へと視線を向ける。殿下は私からの視線を受けて、柔らかい笑みを浮かべた。そして殿下は私に向けてひとつ頷くと、またカトリーナ様の方へと顔を向き直した。

「心配？　噂を流した元凶がよくもそのような嘘を吐けるな」

「まさか！　私がそのようなことをするはずがありません！」

「そうか？　ではラシェルに聞けば本当かどうか分かるな」

殿下はにこやかな笑みを浮かべながらも、厳しく追及するような視線をカトリーナ様へ向けた。カトリーナ様は殿下には見えない角度で私をキッと睨み付ける。だが、すぐに殿下へと優雅に微笑み「ラシェル様に？　えぇ、どうぞ」と返答した。

「ですが殿下。婚約者の欲目などおよしになってくださいね。失礼ながらラシェル様が本当のことを言っているのか、私が本当のことを言っているのか。どうか冷静に見極めてください」

「ラシェルが嘘をつくと？」

「その可能性もあるかと。もし証言が必要であれば、このウィレミナとユーフェミアにも話を聞いてくださいな」

カトリーナ様のその言葉に、殿下は「その必要はない」とバッサリと切り捨てた。

必要がない？　どういうことだろうか。

「シリル、先程の会話は保存してあるのだろうな」

殿下は視線を逸らさぬまま手を横に出す。すると、殿下の後ろから瞬時に現れたシリルが殿下の手のひらに魔道具を乗せた。

いつの間にシリルが。私同様、カトリーナ様たちも目を丸くしてシリルを凝視している。現れるまでシリルの気配に一切気がつかず、驚きを隠しきれない。

それにしても、殿下は今何と言っただろうか。会話の保存、と言っていただろうか。

会話の保存？　……まさか。

殿下は私と彼女たちがどんな会話をしていたのかを知っている、ということだろうか。思わず殿下をじっと見つめると、殿下は私の髪を優しく丁寧にひと撫でし、優しい眼差しを向けた。

その様子にカトリーナ様は、顔面蒼白になりながら「そんな……まさか……」と首を小さく振りながら否定の言葉を何度も小さく呟いている。

未だ怒りを通り越したかのような冷めた表情をした殿下の笑みは氷のようで、こちらまで背筋が伸びる。そんな殿下はカトリーナ様に「これが何か分かるか」と問うた。

「会話を保存、とおっしゃいましたが…」

「あぁ、試作品ではあるが、これは魔道具だ」

「……会話を保存する魔道具である、ということでしょうか」

カトリーナ様の言葉に、殿下は一切の表情を消した。

「察しは悪くないはずなのに、残念であるな。ヒギンズ侯爵令嬢。これは確かに、過去の会話を残しておくことができ、後から聞くことができる魔道具だ」

そのようなことが可能だなんて。……何て斬新な発想なのだろうか。それが本当なら、人の証言といった曖昧なものに頼らなくてもいい場面が増えるのかもしれない。

思わず殿下の手に載せられた魔道具をまじまじと見ると、その視線に気がついた殿下が「また後で教えてあげるよ」と優しく微笑んだ。

「これは君たちが来る前に、そこの植木鉢の中に隠しておいた。さっきの会話はしっかりと残っている」

「え……」

植木鉢の中？　確かにこのテーブルのすぐ後ろ、窓際に観葉植物の大きな植木鉢が置かれている。だが、まさかあのような場所に隠されていただなんて。

私が今日カトリーナ様に誘われることを、殿下が予測していた訳ではないと思う。だが噂の元凶がカトリーナ様であることは掴んでいたのだろう。

そのため、放課後は毎日ここにいる彼女たちを狙って魔道具を設置したと、そう考えられる。

想像以上に私の考えの先を行く殿下に驚愕する。

殿下は魔道具を一度ポケットへと仕舞うと、再度カトリーナ様たちに視線を向けた。

「噂の流れを探っていたらお前たちに辿り着いたからな。まさか直接ラシェルを攻撃するとは思った以上に考えなしではあるが。よくそれで国母などと口にできたものだ」

殿下の最後の言葉は、とても低く吐き捨てるように発せられた。カトリーナ様は殿下の発言に顔面蒼白で体を震わせる。

「私の婚約者に成り代わりたい、であったか」

殿下はカトリーナ様にいつもの義務的な微笑みを向ける。すると顔色の悪かったカトリーナ様は見る見るうちに顔を赤らめて瞳を輝かせ始めた。

隣のウィレミナだけは状況を把握したように、小声で「カトリーナ様」と呼びカトリーナ様の制服の裾を隠れて引っ張っている。だが、殿下の微笑みに魅了されたカトリーナ様は一切ウィレミナの様子を気にかけることなく、殿下へと熱い視線を向けた。

「魔力の少なくなったラシェルよりも、ヒギンズ侯爵令嬢の方が私にふさわしい、と？」

「……はい、その通りです。私は初めて殿下にお会いした時からずっと、貴方様の隣で貴方様をお支えすることにのみ全力を捧げてきたのです。誰よりもふさわしい自信があります！　お願いです、殿下！　もう一度チャンスをくださいませんか」

その発言にウィレミナは不敬だと分かっていて殿下の前で「カトリーナ様！」と大声で発言を止めようとする。だが殿下はそれを良しとせず、ウィレミナに冷ややかな視線を向ける。

その視線を受けてヒッと全身を震わせて声を漏らすと、ウィレミナは「も、申し訳ありません」と小さく縮こまった。

「チャンス、だと？　お前は未だ何も考えられていないのだな」

「いえ、そんな」

「私の婚約者を否定することは、私ひいては王家を否定するということ。次いで、教会の認めた闇の精霊に対して誤った悪い噂を故意に流したのだったな。国の混乱を招く恐れもあったのだから、重罪だとは思わないか。なぁ、シリル？」

殿下は柔らかい声色と反して、厳しい視線をカトリーナ様に向ける。流石のカトリーナ様も体を震わせながら「あの……いえ……」と弁明しようとするが、殿下の更に強さの増した視線に、ついに口を閉じた。

「そうですね。これがヒギンズ嬢達だけでの独断なのか。それとも家が関わってくるか。その辺りの追及もしなければいけませんね」

シリルは殿下の言葉に頷くと、彼女たちを問い詰めるような視線で一瞥した。シリルの《家》という言葉に双子は肩を揺らし「そ、それだけは」と口々に嘆願の言葉を殿下に向けて発した。

だが殿下は全く聞き入れる様子もなく、口角だけは上げているものの射貫くような視線を彼女たちへと向ける。そして威圧感を隠しもせず、今日一番低く響き渡る声で、

「よく覚えておくといい。私は大事なものに手を出されるのが何より嫌いなんだ。いいか……ただですむとは思うなよ」

殿下のその言葉に皆声を失った。ただひとり、シリルだけが「魔王降臨」とだけ呟いた。

殿下は彼女たちに「何か最後に言うことはあるか」と問う。

ウィレミナとユーフェミアは瞳に涙を溜めながら私への謝罪を口にした。だがカトリーナ様だけは違う。青い顔のまま唇を噛みしめ、私から視線を外すことなく睨み付けていた。

「もう良い」という殿下の言葉に気を失いそうなほど真っ青に染まった彼女たちを、シリルが事情を聴くため別室へと連れ出す。それに異を唱える気力を彼女たちは既に持ち合わせていなかった。

彼女たちが出て行く直前、最後にもう一度だけと振り返る。するとカトリーナ様は唇だけを動かし何かを口にする。

——何？　何かを言っている？

口の動きに目を凝らすと、その真っ赤な唇から発せられたのは「許さない」と。そう動いたように見え、一気に背中が冷えるのを感じる。

だがすぐに彼女たちはシリルに言われるがままに立ち去り、私の視界から消えた。それを私と殿下は見送り、ようやく強張った体がふっと軽くなるのを感じた。

「……あの、彼女たちはどうなりますか？」

「とりあえず、家の関与や流した噂の詳細を聞かなければいけない。ただ君を貶める言葉は、君を婚約者にと望んでいる私や王家を侮辱していることと変わりない。それに教会の決定に反する発言をしていること。その辺りは重く考えなければいけない」

「……そう、ですか」

「それだけのことをした。それにここで彼女たちを見逃したらどうなるか、分かるだろう」

「えぇ、王家や教会の威信にも関わることです」

「ただ、確実にもう社交界に帰ってくることはないだろうな。学園にも通うことはない」

もう会うことは、ない……ということだろうか。

彼女たちには思うことは沢山ある。前回はカトリーナ様に唆されたとはいえ、私も悪事に手を染めた。やり直す機会を貰ったからこそ、私は彼女たちと決別することができた。

でもそうでなければ……私も彼女たちと同じだった。

他人事とは考えられない。かといって庇うつもりもない。彼女たちの行動がこの結果を招いたのだから、どのような結果となったとしても私が口出すことではないだろう。

だが願わくば、彼女たちがしっかりと自分を見つめ直してくれたらいい。

そう考えてしまうのもまた事実だ。

深く考え込んでいた私は、隣で殿下が「それでも」と話し始める声にハッと顔を上げる。殿下自身も色々と考えていたのだろう。未だ眉間には深く皺が寄せられている。

「噂を流した大本を何とかしても、一度広がった噂は根気よく訂正しないと面倒なことになるな。魔力枯渇の件も含めて誰が何処まで把握しているかは不明な部分だ」

「はい、そうですよね」

「君の言っていた通り、公表を早めることにしようか」

「良いのですか？　殿下の迷惑にはならないでしょうか」

「この婚約に文句があるやつは全て私がねじ伏せよう。圧倒的な力をも持ってみせる。……だから、ラシェル」

殿下は先程の凛々しい姿から打って変わったかのように、懇願するような瞳を私に向けた。その瞳の強さに、思わず殿下の蒼い瞳にそのまま吸い込まれるかのようだ。

「生涯を共に……私の側にいてほしい。ラシェルでなければ駄目なんだ」

殿下のその言葉と甘く熱い視線に、私は捕らわれたように目が離せなかった。

部屋の扉を背に立ち竦んでいると「カトリーナ、カトリーナ」と私の名を何度も出しながら、両親が互いを罵り合う声が聞こえてくる。
「お前がカトリーナを唆したのだろう！」
「貴方だってカトリーナは王太子殿下の婚約者に相応しいと言っていたじゃない！」

「とにかく、こんな事態になった今、もうカトリーナを庇うことはできない」

「そんな、もう一度……そうだわ、陛下に掛け合ってきてください。そうでなければ、カトリーナはどうなるというのです！」

うるさい……うるさい……うるさい！

その場から離れ、ベッドに飛び込むと、両手できつく耳を塞ぐ。

毎日毎日、お父様もお母様も勝手なことばっかり。私を部屋に閉じ込めて、一歩も外へ出さないなんて。私が何をしたって言うのよ。私は間違っていない。間違っていないのに！

……あぁ、殿下。殿下、殿下。何故このようなことに。私はただ、あなたの妃になるべく生まれてきたというのに。それが在るべき未来なのに。

生まれた時から、両親は兄よりも私を可愛がってくれた。好きな物は何だって手に入れられたし、それが当然だった。私が望んで叶わないことはない。幼い頃からそう考えることは普通であった。

だから私が殿下に恋したことを両親に伝えると、両親は大喜びで『それはいい！　カトリーナの将来は王妃様だ』と言って頭を撫でてくれた。その日から、私の中で未来は定まった。

だからこそ、座学だってマナーだって、ダンスだって頑張ってきた。社交だって、同年代の子とは積極的に関わった。特に同じ侯爵令嬢の彼女は、私と同様殿下の婚約者候補なんていわれていたから、特に距離を縮めた。

もちろん、私が選ばれるのは決まっているし、可哀想。そう思う気持ちがなかったとは言わない。それなのに、全てはあの日、14歳の日に変わってしまった。あの女が殿下の婚約者に選ばれた日に。

『お母様、何故ラシェル様が選ばれたの！　私に決まっていたのでしょう⁉』

『お母様もあなたが相応しいと分かっているわ。……魔力だけで選んだそうよ。あの子、魔力だけは強いそうだから。他は貴方の方が全て優れているというのに、忌々しいわ』

『私、他の人に嫁ぐなんて嫌！　殿下の妃になれると思っていたのに』

『ええ、もちろんよ。お母様もそう思っているわ。あの子が妃に相応しくないと、そう殿下が気づけば……必ず貴方を選んでくれるはずだわ』

そうか、殿下は魔力だけで選んだのか。だったら、彼女が相応しくなくなれば私が選ばれる。簡単じゃない。だったら彼女と今まで通りに仲良くして、時期を見ればいい。彼女はお人好しなところがあるから、機会を逃さなければチャンスは来るわ。

そうね、その時まではせいぜい殿下の婚約者なんて過ぎた立場を貸してあげましょう。

——そう思っていた。……それが、どうしてこんなことに。

何故、あの女が殿下に優しい顔を向けられるのよ。何故、私があんな目で殿下に見られなければいけないのよ。

もうどれぐらいこの部屋に閉じ込められているのかも分からない。あの女に最後に会った後、王城に連れられてきてまるで罪人かのように、一人個室に入れられて問い詰められた。

私は何も話はしなかったが、もしかしたらあの双子が何かを話したのかもしれない。殿下の乳兄弟であるシリル・ヴァサルが後から来て、私が流した噂や伝えた相手を次々と正しく口にしていた。

……あの双子も落ちぶれかけた伯爵家のくせに。特別目をかけてあげていたものを、それを裏切るようなまねして、ただじゃおかないわ。

王城に今まで見たこともない鬼の形相をしたお兄様が迎えに来て、私をそのまま屋敷のこの部屋に閉じ込めたのだ。しかも監視まで付けて……。

それからは毎日両親の喧嘩の声しか耳にしていない。使用人も今までは私を褒めそやしていたのに、今や無言で食事の用意をするだけで何も喋らない。

何故このような対応をされなければならないのよ！

苛立ちのまま思わず爪を噛むと、手入れをしていたはずの綺麗な爪はボロボロになっていた。

――ガチャ。

急に部屋のドアが開く音に、視線をドアへと向ける。そこにいたのは、

「……お兄様」

この年の離れた兄は私に甘い両親と違って、小さい時から口煩かった。私が避けていたからか、気がついたら向こうから話しかけられる事もなくなっていた。両親とも気が合わないのか、いつでも私や両親に素っ気ない。

学園卒業後は文官として城で働いており、屋敷も別館に住んでいるため普段は顔を合わすこともない。その兄が、いつにも増して不機嫌さを露わにしながら眉間に皺を寄せ、苛立ちを隠さずに部屋に入ってきた。

「本当に余計なことをしたな」

きっと私があの女を追い落とせなかったことを怒っているのだわ。

「殿下はあの女に騙されているだけですわ。今回は失敗しましたが、次は必ずあの女を追い落として必ずや私が……」

「いい加減現実を見たらどうだ」

「は?」

「殿下は随分マルセル嬢に夢中な様子だ。お前は何も見えていない。それどころか、この家を丸ごと潰す気か」

「そのようなことは……」

　家を潰す？　そんなことをしたら私は殿下の妃になれないじゃない。

「お前は甘やかされて育ったからな。我慢を知らずに育てた父上と母上も悪いが……。こんなにも馬鹿だったなんて」

　お兄様は掛けていた眼鏡を外し、目元を指で軽く押さえて大きく息を吐いた。よく見ると普段は眼鏡に隠れた目元に隈がくっきりと見える。

「お前は近々シャントルイユ修道院に行くことになった。殿下の怒りが収まることがあれば、どこか田舎で後妻にでも貰ってくれるところを探してやるから安心しろ」

　な、シャントルイユ修道院ですって！　罪を犯した貴族の夫人令嬢が行く、監獄のような監視と厳しさで有名なところじゃない！

「そんな！　お父様とお母様が黙っていないはずよ！」

　兄の勝手な物言いに頭が沸騰するような怒りが湧き、その場から立ち上がると、兄に詰め寄った。だが、兄は腰に片手を当て、ツリ上がった目を更に厳しくし険しい顔になる。

「王家に睨まれたんだ。下手したら家ごと潰されていたんだぞ。お前のせいで！　父上と母上も何も言えるものか。彼奴らは領地に隠居して、余生を過ごしてもらうことにする」

「お父様とお母様が……隠居？　何故？」

そんな……。親になんてことを。

信じられないものを見るように兄を見ると、それに気づいた兄は呆れたように一つため息を吐いた。

「邪魔だからだ。陛下にも了承を得て、あと数日で俺が侯爵を継ぐことになっている。今回のことも社交界中に広がっている。……お前のせいで俺も妻も息子も、これから後ろ指を指されることになるんだ。監視される可能性だってあるんだぞ」

「そのようなつもりは……」

兄の言葉に、体の力が抜けるように足元がフラフラと覚束なくなる。そしてボスン、と元のベッドの上へと座り込む。

「そうだ、最後に教えておいてやる。殿下はマルセル嬢が闇の精霊と契約した事について、正式に発表された。一時は病により魔力枯渇の状態となったが、それを闇の精霊が助けた、と。極めて異例な病状ではあるが、それを克服したとして貴族も表面上は好意的な反応だ。教会も貴重な存在である闇の精霊と契約したマルセル嬢を支持するそうだ」

「そんな……魔力枯渇なんて……受け入れられるはずが」

「お前の働きがなかったら貴族も受け入れなかったかもしれない。だが今回のことで殿下はマルセル嬢への悪意ある噂は王家を敵に回すことだ、という考えを周囲に植え付けることに成功した。それに精霊との契約で健康上の問題が無いと王宮医師も発言しているのだから、彼女の侯爵令嬢という身分からも批判は出にくい」

なんていうことなの……。だったら、私のしたことは……。今の私の惨めな状況は何だと言うのよ。何故、私ばかりがこんなことになるのよ！

あいつのせいで……。私の全てを、殿下を奪ったあの女。悔しい、悔しい、悔しい。目の前が真っ赤に染まって見える。

いつの間にか立ち去っていた兄に気づくことなく、私は声を上げて泣いた。

泣いても喚いても……それでも、誰かが声を掛けてくれることもない。

ただ一人、ひたすらに声を上げ続けた。

# 3章　デビュタント

カトリーナ様たちがこの学園を去ってから一か月。日々が目まぐるしく過ぎ、考え込む時間も落ち込む暇もなかったように思う。

何より、正式に闇の精霊と契約をしたこと、魔力枯渇の状態であったことを発表することで私の周囲は騒がしくなった。だが周囲の反応については、概ね好意的といった様子だ。

それも、殿下や両親、テオドール様たちが根回ししてくれていたことが大きい。私自身も実際に闇の精霊の誤解を解くべく表に立って理解を求めた。

その結果、あっという間に学園全体に広まっていた悪意ある噂は聞こえなくなった。

それどころか、クラスメイトたちが謝罪してくれ、よそよそしかった距離が幾分近くなったように感じる。

「コロッと手の平を返したようなものね」

中庭のベンチにアボットさんと二人腰かけ、ほっと一息をつく。すると隣に座るアボットさんは先程、私に対して恭しく挨拶した女生徒たちを思い出したのか眉をひそめた。

彼女たちもついこの間までは、私を見るとヒソヒソと噂していた人たちだった。

「そんなものよ」

「あら、あまり気にしていないのね」

「ええ。気にしても仕方ないもの。そうする気持ちも分からなくもないわ」

貴族にとって状況を読む力は何よりも大事だ。価値がある人、力ある者につく。それは良くあることだし、決して悪いことだとはいえない。ただ今回のようにあからさまであると、さすがに信用されなくなるだろうが。

本当であれば、心の中で悪態をついていたとしてもそれを決して悟られてはいけない。今だって好意的には見えてはいるが、本音はどこにあるのか。皆隠しているのだろう。

「いちいち気にしていたら貴族子女なんてやっていられないもの」

アボットさんは私のあっさりとした物言いに目を丸くする。その直後、こらえきれずにお腹を抱えて笑いだした。

「ええ、その通りね。間違いないわ。……それにしても、マルセルさんはいい顔するようになったわね」

「そうかしら？」

「ええ。吹っ切れた感じかしらね」

吹っ切れたか。言われてみると、確かにそうかもしれない。今まで心の奥深く、どこかで彼女たちと決別したいとは思っていたが難しいのではないかと考えていた。

彼女たちと私は結局同じなのではないか。また以前のように同じ未来を辿ってしまうのではないか。それを恐れていたように思う。

殿下にそれを悟られて、もし嫌われてしまったら……。そんな気持ちさえあった。

殿下の婚約者としてもそうだ。私のような間違いを犯した者が殿下の隣に立っても本当にいいのか。しかも唯一誇ることができた魔力さえもないというのに。そう考えていた。

昔から私の中で魔力というものは絶対的なもので、それが殿下の婚約者に選ばれた理由であり、殿下の隣に立てる全てであったのだから。

だが殿下は今の私に向けて、側にいてほしいと言ってくれた。

それが私に大きな力をくれたのだと思う。

「それは良かったわ」

私の表情を見たアボットさんは眉を下げ優しく微笑んだ。彼女の言葉はいつも真っ直ぐで、心に直接響く。本音で話せる相手がいることが、どれだけ幸せなことかと実感する。

「アボットさんがいてくれたことも大きいの。アボットさんと親しくなって、初めてこんなに学園生活が楽しいものだと知ることができたわ」

私の言葉に、ポカンとした顔をしたアボットさんは、徐々に口元を緩めて若干赤らめた頬を隠すかのように、そっぽを向いた。

「もう、そんなこと言われたら照れるじゃない」

「だから、今日は約束していた本屋とカフェに行くのをとても楽しみにしているの」

そう、今日はアボットさんと以前約束していた本屋へと行くことになっている。そしてクラスメイトから教えて貰った人気のカフェにも行く約束をしている。

「私も友達と行くのは初めてだから……楽しみよ」

アボットさんは私から視線を外したまま、ボソッと呟いた。そんなアボットさんの恥ずかしがり屋なところも、とても可愛らしく感じる。

そんな穏やかな空間を割るように、

「えー、ラシェルさんカフェに行くんですか?」

と、頭上から明るい声が聞こえ、私とアボットさんは思わずお互いの顔を見る。ゆっくりと振り返ると、そこには楽しそうに笑うアンナさんの姿があった。

アンナさんは、その愛らしい顔に笑顔を浮かべたまま、私たちの前へと回り込む。

「勝手に聞いてしまってごめんなさい。声をかけようと思ったら、話し声が聞こえて」

申し訳なさそうに両手を顔の前で合わせているアンナさんはシュンと肩を落とす。

「いいえ、気にしないで。気付かなくてごめんなさい。あっ、彼女はアンナ・キャロルさん。えっと……」

「アンナ・キャロルです。クラスは隣の2－Bです」

「……ナタリア・アボットよ」

アボットさんは、アンナさんの元気な勢いに困惑しながら挨拶を返した。アンナさんは嬉しそうに目を細めると、「ところで」と私とアボットさんへと視線を交互に動かした。

「そのお出かけ、私も一緒に行ってもいいですか」

一緒に？　さすがにそれは……。と苦笑するが、可愛らしくコテンと首を傾げるアンナさんは、良い返事が返ってくると信じて疑っていないよう。

「急に出掛けて帰りが遅くなると、ご家族が心配なさらないかしら」

「いいえ、私寮なのでお気遣いなく！」

「……そうでしたの。でもメインは本屋だから」

「あ！　ちょうど買いたい本があったんです！　良かった」

それとなく言葉を濁してみてもニコニコと全く引く様子のないアンナさんに、ついにはアボットさんが眉をひそめて、

「キャロルさん、申し訳ないのだけど今日は元々私がマルセルさんと予定していたことなの。遠慮してくださらないかしら」

そうハッキリと伝えると、アンナさんは笑顔からガラッと、今にも泣き出しそうな悲しげな顔に変わる。

「あっ、ごめんなさい。私……王都に来てから初めて女の子のお友達が出来たから。つい嬉しくなっちゃって。……迷惑でしたよね。本当にごめんなさい」

元々小柄な体を更に丸めて落ち込む姿に思わず私とアボットさんは目を合わせる。

……何だか、とても悪いことをしている気がする。

その姿を見てアボットさんも「マルセルさんがいいなら……良いけど」と引きつった笑みで了承の言葉を口にした。

私たち3人は我が家の馬車で本屋へと移動し、目当ての本を探した。アボットさんとお勧めを教え合いながら選んだ3冊は、とても満足のいく買い物であったと思う。

買いたい本があると言っていたアンナさんは、「あー、やっぱり発売日を間違えてたかも」と結局何も買うことはなく、私たちの買い物の様子をただ後ろで見ていただけのようだった。

だが、カフェに到着すると、瞳を輝かせながら顔を綻ばせ、パフェを見つめた。

「ここ！　ここに来たかったんです！」

「甘いものがお好きなのね」

「そうなんです！　甘いものは何でも好きで！」

この店はパフェだけでなく、ケーキやプリンなど、美味しそうなものばかりで、メニューを眺めながら悩んでいたところ、ここは絶対にパフェ！　とアンナさんに勧められた。

その言葉に私もアボットさんも季節のパフェと紅茶のセットにした。運ばれてきたパフェは彩り鮮やかなフルーツがふんだんに盛り付けてあり、心躍る気分だ。

「美味しいー！」

アンナさんはパフェを口に入れると、子供のようにはしゃいでいた。その姿は、何だか微笑ましい。本当にここに来たかったのだと感じる。

アボットさんは、そんなアンナさんに「ほら、口のまわりにクリーム付いているわよ」と呆れながらも仕方がなさそうにナプキンを手渡した。アンナさんもそれを恥ずかしそうに「ありがとうございます」と受け取ると、口を拭う。

「そういえば、ラシェルさんは殿下と仲が良いんですね」

「え？」

「だって、前に会った時に甘々な雰囲気出してたし」

「……そうかしら」

「そうですよ！　だっていつも笑ってるけど、それは仮面みたいなものだし。ラシェルさんに向ける顔はもっと優しくて……」

確かに私自身、最近の殿下の雰囲気には戸惑う。元々多くの者を魅了する穏やかな微笑みは素敵ではあったが、最近は熱を持った真っ直ぐな視線を感じることが多い。

一度でもその視線に絡めとられると身動きが取れない、まるで熱に浮かされたような気分にさせられる。そんな殿下から、甘く自分の名を呼ばれることは未だ慣れないものだ。

思わず殿下のことを思い出してしまうと頬が赤らむのを感じる。

「本当なら私に向けられる顔なのに」

「え?」

不思議そうな顔で小さく呟いたアンナさんの声が聞き取れずに聞き返す。だが、アンナさんは首を左右に振り「何でもありません」とにっこり笑うと、ひと口大のメロンを口に入れた。

そして、たった今思い出したかのように顔を上げる。

「あっ！　そういえば今度のデビュタント、ラシェルさんも一緒なんですよね」

「ええ、本来なら昨年の予定だったのだけど、出られなかったので」

そう、毎年行われるデビュタントの王宮舞踏会。15歳以上の貴族子女はこの舞踏会で社交界デビューをする。

陛下に謁見し、初めて社交界で認められることができる。そして舞踏会では、デビュタントは頭に花飾りをし、白いドレスを着てダンスを踊るのだ。

一生に一度のことであり、幼い頃は随分このデビュタントに憧れを抱いていた。

「私もなんです。本当なら去年だったんですけど、両親から1年見送るように言われちゃって」

「まぁ、そうでしたのね」

アンナさんは「あの」と前置きをした上で、「デビュタントって、殿下と踊れますか」と真っ直ぐな視線を向けながら私に尋ねた。

「そう……ね。毎年、王族の方が数人とは踊るけれど、全員という訳ではないわ」

舞踏会では、デビュタントを祝う目的で、王族男性が数人の令嬢と踊ることが慣例である。その数人とは、まだ婚約者がいない令嬢の縁者からの申し出で選ばれることが多い。

貴族令嬢は、大抵学園入学前に婚約を結ぶことが多いが、まだ婚約を結んでいない者にとっては、デビュタントの舞踏会で王族と踊ることでアピールの場となる。

「良かった！　そこはちゃんとストーリー通りなんだ」

「ストーリー？」

「い、いえ。あっ、アボットさんは？」

「私はもう去年すんでいるわ。でも夜会とか苦手なのよね。今年も何回か夜会に出席しなければいけないと思うと憂鬱よ」

アボットさんは食後の紅茶に口をつけると、ふう、と憂鬱そうな顔でため息を吐いた。

「アボットさんは婚約者がいるのよね」

「えぇ、だからデビュタントの時もエスコートは彼にしてもらったわ」

アボットさんの婚約者は魔術師団に昨年から入っていると先日教えてもらった。配属先がテオドール様と同じ部署らしく、とても優秀な方なのだろう。

「え、婚約者にエスコート⁉　じゃあ、ラシェルさんのエスコートは殿下がするんですか？」

「いえ、殿下はデビュタントで王太子としてお忙しいから。父にしてもらう予定よ」

私の返答に、不安そうな顔から一転、アンナさんの顔がパッと輝く。

「なんだ、良かったー。そうよね、そうじゃないと踊れないものね」

その言葉に顔をしかめたのはアボットさんだ。珍しくムッとした表情を隠しもしない。

「キャロルさんは殿下と踊りたいのかしら？」

「え？　勿論です。大事なイベントなので」

イベント？　大事なデビュタントという……イベント、ということかしら。まぁ、女子にとってデビュタントは憧れであり、大切なイベントよね。

それに殿下に憧れる令嬢は数えきれないほど多い。デビュタントで殿下と踊りたいと思うのは普通のこと……よね。彼女じゃなくても皆、何処かで期待を持っていることだろう。

前回のデビュタントの時だって、殿下は私だけでなくてカトリーナ様とも他の方とも踊っていた。あの時は皆に嫉妬しながらも傲慢にも、私の婚約者を貸してあげるんだ、なんて優越感に浸っていた。……思い出すだけで、自分がいかに愚かな考えをしていたかと、恥ずかしい。

今回はそんなことは考えない。王太子である彼にとって、社交は兎角大切なものだ。それを邪魔することも、それに嫉妬する気持ちを持つのも間違いだと分かっている。

そして、私自身も様々な人と交流を持つ必要がある。だからアンナさんが殿下と踊りたいと言うことも理解はしているし、必要であれば殿下は彼女と踊るのだろう。

……でも何だろう。

今アンナさんがこんなにも殿下と踊ることを期待していることに対して……何でこんなに胸がモヤモヤするのだろう。

その後、アンナさんは更に殿下の好みや性格など様々な質問をしてきた。だが全てを曖昧に微笑み濁していると、今度は私の入学前の状況など、私への質問攻めへと移った。

答えられる範囲だけで話すと、アンナさんは満足そうに「私寄りたいところあるので、先に失礼しますね」とあっさりと帰っていった。

まるで嵐が去った後のようで、私とアボットさんはただ呆然と彼女が去っていくのを見送ることしかできなかった。

「なんか、変わった子。それにあんなに王太子殿下やマルセルさんのことを聞き出そうとして」

「やっぱり……そう感じた？」

「そりゃそうよ。私が言うのも何だけれど、付き合いを考え直した方がいいかもしれないわよ」

あからさまに眉間に皺を寄せて不快感を露わにするアボットさんとの会話で、アンナさんに対しての違和感が、またジワリと胸の奥底で生まれてくる。

聖女とアンナさんは同じ人物なはずなのに、何故か一致しない。

前回、アボットさんは聖女と親しくしていたように思う。だが今のアボットさんはアンナさんに良い感情を持っていない。この意味が指すものは何なのだろう。

もしかしたら……と、私の中で小さな疑惑が生まれた瞬間だった。

「おっ、ルイ。ついに王子業を辞めてデザイナーにでもなるのか？」
執務室の中央のテーブルに生地を並べて、デザイナーが先程置いていったデザイン画を眺めていると、ノックもなくドアが開く。視線を向けずとも、近づいてくる足音に頭が痛くなる。

「いつもノックぐらいしろと言っているだろう。誰かいたらどうするんだ」

「だから、誰もいないの知っているから」

「まったく。お前は、規格外過ぎて常識が通じないのか」

持っていたデザイン画を執務机に置くと、視線を足音のほうへと向ける。そこには、手を顎に当てて興味深そうに、私の机……というより今置いたデザイン画を眺めるテオドールの姿。

「何これ、ドレス?」

「あぁ」

テオドールは数枚のデザイン画を手に取り、それぞれをじっくりと見ると、顔を上げた。

その顔は、眉を歪めて口元は硬く噤み、いかにも笑いを堪えているという表情。

「……何だ。何が可笑しい」

「何これ、ここまでいっちゃう訳?」

自分の顔は今、ひどく不機嫌な表情をしているだろう。だが、この男の前であえて取り繕おうとは思わない。

私の言葉に、テオドールはついに我慢の限界がきたように吹き出すと、デザイン画を机へと戻し、腹を抱えて笑い出した。

「あー、やば。涙出てきた」

テオドールは何度も私の顔を見ながら笑った。そんな酷く失礼な態度をとりながら、中央のソファーへと腰掛けた。それを追うように、テオドールの向かいのソファーに歩みを進め、若干睨みをきかせつつドカッと座る。

「来て早々何なんだ。そこまで可笑しいことはしていないだろ」

「いや、だってこれラシェル嬢のドレスだろ？　それをお前、手配するだけでなくデザインから考えるなんてさ。ルイがそんなことをするって誰が考えつくかよ」

「……そんなに変か」

「だってあれだろ？　社交界デビューをする時のドレスは側にいられないのだから、自分が贈ったものを着て欲しい。そもそも着飾るものは、彼女を最高に輝かせるものでなければいけない。だったらいっそのこと自分の手で……。なんてヤバイ考えに至ったんだろ？」

……一部誤解があるようだが、おおよそは合っている。

確かにドレスを贈りたいと考えたことが始まりだ。白のドレスといえば、デビュタントの時か結婚式の時に着るものだ。

いや、確かにその時一瞬、未来の結婚式が過ぎったのは認める。その隣には、もちろん自分の姿を描いたことも。……本当に一瞬だ。

だが今回は違う。

社交界とは煌びやかな場所。だがその実、悪意渦巻く場所だ。そんな場所に踏み出すラシェルが、今後輝かしい未来が送れるように。そして何より、周りの悪意からも守れるような力を……自分自身が後押しできればと、そう考えた。

だからこそ、ラシェルを着飾るために王都一と評判のデザイナーに頼んだが、なかなかイメージが合わない。そのため専門家の手を借りながら、自分がラシェルに一番似合うドレスを考えられないだろうか。そう思っただけだ。

決して、怪しい思考ではない。

「はいはい、で。何に悩んでいるわけ？」

「……頼りになるのか？」

「さぁね。まぁ、言ってみろよ」

テオドールは肩を竦めてみせるも、私の話を聞こうと顎で続きを促す。

ドレスのことは私でさえ流行りを知ることから始めたというのに。テオドールは普段から魔術師団の制服ばかりを着て、服装に興味があるとも、拘りがあるとも思えない。かといって私に相談する相手がいるか、と言われたら……いない。

シリルにはこの事態に大きな呆れ顔をされ、相談しようにも「これ以上の面倒は持ち込まないでください」と釘を刺されてしまった。

仕方ない。頼りになるとは思えないが、悩んでいるのは事実だ。

「このデザイン、どう思う」

「あー、なんかラシェル嬢っぽい。大人っぽいし、スタイルよく見えていいんじゃない？　ん、でも待て。裾の刺繍……って、これ金色指定⁉　誰かさんの髪色と同じ色ってところが、もう独占欲駄々洩れだな」

「そこは外せないだろう」

「あっそ。じゃあこれでいいじゃん」

「いや。……き過ぎだろう」

「あ？　聞こえない」

「胸元が開き過ぎだろう！　これでは」

そうだ。私が何にこんなにも悩んでいるのか。それは、ラシェルが似合うドレスが大人っぽい、身体のラインが出るようなものだと結論付けたからに他ならない。

似合う。確かに似合う。女性の割には長身であり、肌は白く、しかも黒髪。白いドレスはまさにラシェルの神秘さを極限に引き出すことができる。

デコルテが大きく開き、腰回りを絞ったシンプルなAラインドレス。それが最有力候補だ。

だが、本当にこれでいいのだろうか。これを着るということは……。この胸元の開きを、他の男共が見るというのか。

それを許容しろというのが無理だろう。だが、デザイナーは頑なに肩と胸が開いた形が良いと勧めてくる。

つい、大きなため息が口から漏れる。

「もちろん虫は排除する。だが視線を排除することは不可能だろう。それにあのラシェルだ。皆の視線を一気に集めることぐらい分かりきっているだろう？」

「うん、なんかごめん。思った以上にくだらない悩みだったようだな」

私の悩みに対してテオドールは一瞬遠い目をし、その表情だけで、《本当にどうでもいい》と言いたげな顔をしている。そして、テオドールは見本としてデザイナーが置いていった生地を何枚か探ると、その中からレースのものを取り出した。

「これで首元から腕まで隠せばいいじゃん。ほら解決」

全く、人の悩みに適当に……。テオドールが差し出したレースの見本を反射的に受け取りながら、眉を寄せる。

だが、レースか。見本の布をまじまじと見ると、首元から手首にかけて、レース生地を使ったドレスのイメージが途端に湧いてくる。よくよく考えればこれはいい考えかもしれない。

「そうか……だとしたら……」

頭の中で思い浮かぶものを完成形へと持っていくべく執務机へと戻ると、デザイン画に書き足していく。後ろでテオドールが「おーい。俺がいるの忘れてる?」と手を挙げて振っているが、そんなことに構っている余裕はない。

一刻も早くデザイナーを呼び寄せて相談しなければならない。

ふと机から頭を上げると、大きな窓から綺麗な青空と点々と白く浮かぶ雲が目に入る。その景色を見て、ふと不安が過ぎった。

自分のやりたいようにしているが、そもそもラシェルは私のこの行動に対して、どう考えるだろうか。喜んでくれるだろうか。

ドレスを贈ることだけをラシェルには伝えている。だが、デザインまで関わっているなど、引かれてしまう可能性もある。

いや、待て。よく考えたら普通引くだろう。これはまずい。徐々にラシェルとの距離が近づいていると実感できる今、嫌悪感を持たれることだけは避けたい。

ふと思い至った結論に、サッと血の気がひく。

——よし、隠そう。これは一流デザイナーによりデザインされたドレスだ。そう、それ自体は間違っていない。ただ私が関わっているとは伝えていないだけだ。

伝えないことは、罪ではない……はずだ。

そう結論付けて、黙々と作業を続けていると、いつの間にかテオドールはいなくなっていた。

「お嬢様！　とてもお似合いです」

鏡に映るのは、真っ白なドレスを着た私の姿。サラは鏡越しに嬉しそうに目を細めた。

ついにこの日が来た。デビュタントの日……とはいっても、私にとっては2回目だ。だがその事実を知っているのは私だけだし、本来であれば去年すんでいたはずだった。

婚約者がいる女性は、婚約者から贈られたものをデビュタントで着ることが多いと聞く。良好な関係をアピールするためにも良いのだろう。

今回のドレスも前回同様に殿下からプレゼントされたもの。なのに、前回と異なるドレスが贈られたのは、1年ずれた影響なのかもしれない。それでも、同じ人物に贈られたものであるにもかかわらず、こんなにも違うドレスが届くということに驚いた。

前回はもっと流行りに忠実なもの。そう、両肩がしっかりと出たビスチェタイプのプリンセスラインだった。腰元に大きなリボンが付いており、10代の女性に人気があるタイプのものだ。

今回は首元から肩、そして手の甲までレースで覆われた、流行りとは違うAラインのドレス。

身体のラインに添ったシンプルな作りであるが、レースがあるからこそシンプル過ぎず、女性らしさと上品さがある。

そして何より、ドレスの裾から腰にかけての金色の刺繍と所々に散りばめられた小さなブルーダイヤモンド。それが光に反射してキラキラと反射し、白いドレスと合わさって輝くように光り、とても美しい。

緩くカーブした黒髪は、サラによってアップに纏められ、大きな白いダリアで飾られている。鏡の中の自分は、いつもより幾分表情が柔らかく見える気がする。

「さすがは殿下ですね。ここまでお嬢様の美しさを引き出すドレスを贈ってくださるとは……。本当に感動してしまいます」

「本当に、自分が自分でないみたいね」

「これはもう、今日を境にドレスの流行りが変わってしまうのではないでしょうか」

「ふふっ、それは言い過ぎよ。でも本当に腕の良いデザイナーに頼んでくれたのね。私も見たこともないぐらい素敵なドレスで……本当に泣きそうになってしまうぐらい嬉しいわ。もちろん、髪型もメイクも素敵なのは、サラのお陰よ」

「ありがとうございます。最近のお嬢様は、柔らかい雰囲気と凛とした強さがありますから。お嬢様の輝きを最大限に引き出すことこそ、私の務めです」

サラは、嬉しそうに顔を綻ばせて笑った。

本当に、サラの言葉はいつだって優しく、温かい。つられるように、私も自然と笑顔になる。

「殿下に会ったらお礼を伝えなければいけないわね」

「きっと、殿下もお嬢様の姿を見るのを楽しみにしているでしょうね」

「そう……かしら。そうだと嬉しいわね」

――殿下は何と言ってくれるだろうか。似合うといってくれるだろうか。

殿下はとても忙しい方だ。殿下が贈ってくださったドレスではあるが、実際にはデザイナーに頼んでいるのだから、完成形がどのようなものかは知らないとは思う。

お茶会でもご婦人方が『男性は自分がどんなドレスを贈ったのかは把握していないものよ。でも、それを悟られないようにすることが、殿方の技量よ』と言っていた。

前回の殿下だって、私の姿を見て『きっと似合うと思っていたよ』と優しく微笑んでくれた。もちろん義務的な笑顔だけど。それでも、当時の私は殿下にドレスを贈られたこと、そして褒めて貰えたことに舞い上がっていた。

だから、この金色の刺繍もブルーダイヤモンドも、殿下を想像させるが、それはデザイナーが考えたことなのかもしれない。それでもどこか殿下を近くに感じ、殿下の色合いを纏っていることに嬉しさを感じる。

裾を見下ろすたびに、殿下の色が視界に入り込み、彼の優しく甘い笑みを思い出してしまう。

こんな浮かれた気持ち——殿下には、恥ずかしくてとても言えないわ。

つい頬が緩む私の背後で、後片付けをしていたサラがこちらを振り返った。

「ではお嬢様、行きましょうか」

「えぇ」

サラに手を支えられながら、ゆっくりと椅子から立ち上がる。すると、『ニャー』という鳴き声と共に支度の間、ずっと良い子で私を眺めていたクロが近づいてきた。

少し腰を屈めてクロの頭を撫でると、クロは気持ち良さそうに目を細める。そんなクロを見ると、心が軽くなるのを感じた。

「行ってくるわね」

そうクロに声をかけると、クロもそれに答えるように『ニャー』と鳴いた。きっと《頑張って来い》と言ってくれているのね。

サラと部屋を出て、広間で待つ両親のもとへと行くと、2人とも目尻を下げ、とても褒めてくれた。母に至っては、涙を滲ませて「とても綺麗ね」と何度も口にし、ハンカチで目を押さえていた。

社交界デビューせず床に伏せっていたこともあり、きっと母にとっても、この日が特別な日だと感じているのかもしれない。

母の涙に、私までもらい泣きのように目元が熱くなる。そんな私たちの様子を父が優しく微笑んで見守っている。

この瞬間がもう一度迎えられた。それがどんなに幸せなことなのだろうか、としみじみ思う。

2人へもう一度視線を向けると、父も母もそれに応えるかのように温かな微笑みを浮かべてくれた。そんな両親の優しさに、愛に、背中を押される気がする。ポカポカと胸に温かいものが広がり、優しさに満たされるかのようだ。

和やかな雰囲気のまま3人で馬車に乗り込んだ。合図と共に馬車がゆっくりと侯爵邸を出発する。窓からは、サラを含めて使用人が数名見送ってくれていた。

——さぁ、二度目のデビュタント。王宮へ向かいましょう。

王宮へと到着すると陛下と王妃様に謁見するため、まずはエスコートしてくれる人と共に控え室へと通される。そのため、母とは一度別れ、父と共に控え室へと向かった。
控え室の前に立つ騎士がドアを開けると、白いドレスを着た15、16歳の少女たちが視界に入

り、その華やかさに目を奪われる。

だが、私が入室すると共に、騒めきは消え、皆の視線がこちらへと注がれた。

——何やら注目を浴びているようね……。

表情には出さずに視線だけで辺りを見渡していると、父が耳元へ顔を寄せ「皆、ラシェルの美しさに感心しているようだよ」と呟き、私に一つウィンクをしてみせた。

その言葉に部屋を見渡してみると、確かに視線からは嫌悪の感情はなく、どちらかというと、ドレスに注目しているようだ。「素敵」「まぁ」といった、感嘆の呟きとため息が所々に聞こえてくることから、好意的に取られているようだ。

「ラシェルさん！」

そんな空気を一瞬で吹き飛ばすような声が部屋に響き渡る。私を呼ぶ声に振り向くと、そこに居たのは同じく白いドレスに身を包んだアンナさんの姿。

彼女は小柄で可愛らしい雰囲気に合った、ふわっとした白い布が何枚にも重なったドレスを着ている。

いつもと同じくニコニコと笑っているが、今はまずい。ここは学園ではない。エスコートのために父親や兄弟、婚約者など沢山の貴族がいる、ちゃんとした社交の場だ。

現に、私を気軽に呼び止めたアンナさんに眉をひそめている人たちや、こちらを見て何か囁き合っている人たちがいる。気安く呼びかけるには私たちの家の爵位は離れているのだ。

「ごきげんよう。キャロル様」

「あっ……。ごきげんよう、マルセル様」

あえて距離を取った返事をすると、アンナさんも周りを察したのかその顔から《まずい》と言いたげに苦笑いを浮かべ、慌てて挨拶をし直し、綺麗な礼をしてみせた。

「ラシェルの学園の友達かな？」

「あっ、はい。キャロル男爵家長女のアンナと申します」

「ほう、キャロル男爵の。今日のエスコートはお父様かな」

「はい、今は少し席を外していますが……」

隣に立つ父は、にこやかな笑みでアンナさんに挨拶を促した。チラッと父へと視線を向けると、優しげな笑みの裏で何処か見定めるような冷たさを感じる。多分、その裏の面は家族にしか分からないだろうが。

アンナさんも流石に私の近くに父がいることで居心地が悪かったのか、「ではまた後で」とそそくさと部屋の奥へと消えていった。

「お父様、その見定めるかのような目を止めてください」

「そんな目をしていたかな？」

「ええ、しっかりと」

父は「すまない、すまない」と目尻を下げて笑っているが、あの一瞬の挨拶で彼女の評価をしたのかもしれない。

しばし父と共に知り合いの令嬢に挨拶をしていると、謁見の間へと案内された。今回のデビュタントの中では一番高い爵位の侯爵家出身であることから、私が先頭となり順に皆が入室する。すると陛下と王妃様が一段上の椅子に座り皆が並ぶのを待ち、その後祝福の言葉を述べる。

この流れは前回と同じであり、感慨深いといった感想もなく、今回はただあっという間に終わったという印象だ。

そして謁見の間を出て、また控え室へと戻ろうとすると父は列から外れ、右の通路へと曲がった。不審に思いながらも黙って着いて行くと、そこにはシリルの姿があった。

シリルは、父に深く頭を下げ、次いで私に向かって「ご案内します」と告げた。状況が掴めない私に向かって、父は優しく微笑む。

「舞踏会へのエスコートは、残念ながら私ではないのだよ。ラシェルのファーストダンスは、オレリアと一緒に見守っているよ」

どういうこと？　だって、私のエスコートはお父様のはず。オレリア――お母様と一緒に見守る？

ポカンと口を開けたまま立ち尽くす私に「ラシェル嬢、今は時間がありませんので」とシリルから声が掛けられてハッとする。

もしかして……。今シリルが迎えに来たということは。

一つの結論に、私は思わず頬を染めると、父は悔しそうな複雑な表情をしている。

「本当は私がエスコートしたかったのだけど。舞踏会の流れを一部変更するからと、あそこ迄頼み込まれたら、さすがの私も断れなかった。……さぁ、その姿を見せに行ってきなさい」

父に背中を優しく押されたのをきっかけに、私はシリルの後を追うように歩き始めた。前を行くシリルの後ろ姿を見ながら、ドキドキと鼓動が速まるのを感じる。

「こちらでお待ちです」

シリルがある一室の前で足を止めた。その部屋の前には数人の騎士が厳重に警護しており、それだけで、誰がこの中にいるのかを理解する。

シリルがドアをノックすると、部屋越しの少しくぐもった声で「あぁ」と返事が聞こえた。その声は間違いなく、私が今一番聞きたい、誰よりも会いたかった、その人の声だ。

この部屋にあの人がいる。そう思うだけで頬が緩む。だが同時に、このドレス姿を見てどんな反応をしてくれるだろうかと、期待と不安が入り混じる。

シリルがドアを開け、「どうぞ」と私へ告げた。ゆっくりと開く扉に、顔を上げて足を進めると、部屋の中央に立つ殿下の姿。

殿下は、私を見ると驚いたように目を見張った。

「あぁ、ラシェル！ なんて綺麗なんだ」

殿下は頬を上気させながら私のもとに近寄ると、私の頬を大きな両手で包んだ。

その瞳を輝かせた姿はまるで少年のようであり、更に覗かせる甘い熱は大人を思わせる。何ともアンバランスな表情をしている。

「想像以上だ！　よく見せてくれ」

「殿下、あの……素敵なドレスをありがとうございます」

「こちらこそ、君に着てもらえて嬉しいよ」

心底嬉しそうに笑う殿下に、私は恥ずかしさから思わず視線を左右に彷徨わせてしまう。また、殿下の黒に金の刺繍が入った正装姿はいつにも増して色気があり、直視できない。

「いや、私こそ。こんなにも、美しく愛おしい人をエスコートできるなんて光栄だよ」

そう、そのエスコート。先程まで父にしてもらうと信じて疑っていなかったからこそ、今この状況に驚きが隠せない。

「あの、そのエスコートですが……」

「あぁ、侯爵に代わってもらったんだ。君にとって最初の舞踏会だからこそ。他でもない私が、ラシェルのエスコートをしたかったんだ。もちろん最後までという訳にはいかないが……私の我儘だよ」

殿下が眉を下げ照れ笑いをする姿に、また一層胸がときめくのを感じる。

私にとっての社交界デビューを殿下も大切にしてくれている。そう受け取れる言葉に、胸が高鳴るのを感じる。

「ありがとうございます。あの、とても嬉しいです……ですが、本当に宜しかったのですか？」

「前例がないからといって、してはいけないとは思わない。入場の方法とファーストダンスの流れを少し変えただけだよ。後はしっかり歴史を重んじたデビュタントの舞踏会だ」

殿下の手から流れ込む温かな熱が私に移ったかのように、頬が赤くなるのを感じる。もちろん私はデビュタントだけでなく、王宮舞踏会は数多経験してきている。本当の意味では、今回の舞踏会が初めてではない。

だが殿下の申し出は私にとって何よりも嬉しいことだった。なぜなら、彼が私を大切にし、守ろうとしてくれていることが分かるから。

いつだってどんな時だって、殿下は私のことを助けてくれた。危険が迫った時、泣きそうな時、困った時。彼の存在により、私は乗り越えてここまで来ることができているのだろう。

いつもその甘く優しい笑みで、私の全てを包み込んでくれている。そしてその優しさに、時々胸が苦しくなる。

私が弱虫で後ろばかりを振り返るせいで、何度も蓋をしてきた想いが、今抑えきれないものへと変化しているようだ。

殿下をじっと見つめると、殿下は私の瞳を覗き込んだ。そして両手を私の頬から外すと、ギュッと優しく手を握りしめてくれた。その殿下の温もりが徐々に全身へと伝わる。

あぁ、この手に何度助けられ、力を貰っていただろうか。

今まで何処かでこだわってきたこと。前回とか今回とか……そんなものは関係ない。だって、殿下といるだけでこんなにも嬉しくて、温かくて、幸せで、そして何より胸が痛いほど締め付けられる。

きっとこの気持ちが、好き、ということ。

——私は今、目の前にいる殿下のことが好きなんだ。

胸の奥底から溢れ出し、留まることを知らないこの感情。気持ちに名前を付けた瞬間から、もう抑えることができなくなった。

自分の感情が恋だと自覚すると、些細なことでも殿下へ意識が向いてしまう。殿下の腕に回した手が震えないよう極力平常心を意識する。そして、一つ小さく深呼吸をすると、殿下が心配そうに私の顔を覗き込む。

「緊張している?」

「あっ。い、いえ、大丈夫です。心配していただきありがとうございます」

「ラシェルは抱え過ぎる所があるからね。困ったことがあればいつでも頼ってほしい」

「殿下……。ありがとうございます」

殿下は優しく微笑み、私に頷き返した。そして殿下の腕に添えている私の手を、反対の手で軽く触れるように握るとまっすぐに前を見据えた。

——デビュタントの王宮舞踏会が幕を開ける。

本来であれば、既に会場内に入って談笑をしている頃だろう。だが殿下と共に入場する流れになったため、陛下や王妃様といった王族の方々の入場直前に私たちが入場する。その後王族が入られて、陛下からのお言葉の後に殿下と共にファーストダンスをする流れとなった。

今は殿下と共に煌びやかで大きな扉の前で、開かれるのを待つ。

「さぁ、行こうか」

「はい」

共に顔を上げ、足を前へと踏み出す。扉が開いた瞬間から、大勢の視線を全身に浴びながらも、不安な気持ちは一切ない。殿下と一緒なのだから。

隣を見上げると、殿下はその視線に気付いたのか、微笑みを更に甘く優しげな瞳に変えた。その様を目撃した女性たちは皆、顔を染めて熱の篭った目で殿下を見つめている。

「やはりレースにして正解だ」

「え？」

「いや、予想通りに君を熱心に見つめる視線を感じるからね」

殿下の呟く声に聞き返すと、殿下は左右に首を振り、ニッコリと笑顔を見せる。そして殿下の視線を追うように見回すと、途端に同年代の男性たちの顔色が一瞬引きつったものに変わったように思うが……気のせいだろうか。

思わずどうしたのだろう、と首を傾げそうになる。だがちょうどその時、王族の入場の合図が鳴った。

皆、頭を垂れ王族の入場を待つ。

陛下、王妃様、そして殿下のご兄弟である第二王子が順に入場する。ちなみにご兄弟は他に第一王女と第三王子もいるが、まだ幼いため舞踏会には参加されない。

陛下が入場した瞬間、空気がピリッとした引き締まったものへと変化した。金髪と蒼い瞳という殿下と同じ色彩であるにもかかわらず、陛下と殿下は人へ与える印象は全く違う。

陛下は戦後の混乱が未だ続く頃、若くして王位を継いだと聞くが、彼がこの国をここまで安定させたといっても過言ではない。

殿下がどちらかというと穏やかな中性的なタイプだとしたら、陛下はとても男性的な体格をしている。鋭い視線と威圧感は、まさに王の名を表すようだ。

陛下が舞踏会の挨拶の最後に「今宵は、我が息子である王太子の婚約者、マルセル侯爵令嬢のデビュタントでもある。よって、本日のファーストダンスは王太子とマルセル侯爵令嬢によるものとする」と述べられた。

その言葉と共に、殿下が差し出した手にゆっくりと自分の手を添えるように乗せる。そしてダンスフロアの中央へと歩みを進めると、皆の視線は私たちに集まった。

だが微笑みを絶やさず、緊張も感じさせない殿下に相応しくあるよう、私も優雅に見える歩き方、表情など全てに細心の注意を図る。

中央までやって来ると、殿下と向き合うように体勢を変え、殿下の手が私の腰へと回される。

指揮者の合図で始まったワルツのリズムと共に、私のドレスの裾もふわりと舞った。

——あぁ、懐かしい。こうやって殿下と向き合いながら踊るのは久々な気がする。

殿下はダンスにもその優美さが表れていて、頭の天辺から爪先までどこをとっても美しい。更に、難易度の高い踊りも軽やかに踊るだけでなく、リードまで上手だ。

いつもより近くに感じる殿下の顔を見つめると、とても涼やかな笑みを浮かべている。だが

その視線が私に向くと、とても甘い色に瞳を変化させ、顔を綻ばせた。

「大丈夫？」

「ええ、殿下がお上手ですので助けていただいております」

「いや、私はこれでも必死だよ」

「そんな、まさか」

思わず笑みが溢れる。こんなにも優雅な足の運びをしているのに必死なんて、全く考えられない。

「本当だよ。もちろんダンスは苦手ではないが、今私の神経全ては君だけに集中しているからね。……あぁ、楽しいな。ずっと踊っていたいと感じるのは初めてだ」

「殿下……」

「誰にも見せたくないのに、皆にラシェルは私の婚約者だと見せびらかしたくもなる。自分でも矛盾していると感じるよ。……それに、今ダンスの楽しみがもう一つ見つかった」

「楽しみですか？」

「あぁ。こうして踊っている間は、ラシェルの視線を奪えるだろう？」

その言葉に思わず頬が紅潮するのを感じる。いつだって殿下は私の心を揺らす。

今だって、こんなにも恥ずかしく思うのは自分だけなのではないだろうか。そう思うと、思わず拗ねたような声が漏れてしまう。

「いつだって、殿下は私の視線を奪っているではないですか」

「……それは、反則だ。そんな可愛らしい顔は、２人きりの時がよかったな。他の誰にも見せたくはないよ」

殿下は目を見張ると、一つ小さく息を吐く。そして私の腰に添えた手に力が入ると、グッと殿下との距離が近くなる。

「殿下、ちっ、近いかと」

「ははっ、これでラシェルの顔が見えるのは私だけだね」

近くなった距離から殿下を見上げると、殿下は本当に嬉しそうに声を出して笑う。

いつもの大人びたものと違い、年相応の青年が純粋に笑う姿に、一瞬で目を奪われる。吸い込まれそうになる蒼い瞳から目が離せない。

――あぁ、私もこの姿を独り占めできればいいのに……。

一瞬脳裏によぎった考えに、ハッとする。――駄目よ、駄目！　またそんなことを思っては。前だって、私の嫉妬で殿下を失望させたのだもの。……こんな独占欲を殿下に持っているなんて、とても知られるわけにはいかない。――もう二度と、間違えないと決めたもの。

急に黙り込んだ私に殿下は口を開くが、殿下が言葉を発する前に音楽が止まり、会場内は招待客たちからの溢れんばかりの拍手に包まれた。

「間違えずに無事終わることができ、ほっとしました」

「あぁ、とても綺麗なダンスだった。……本当はもっと一緒にいたいけど、仕方ない。首を長くして待っているであろう侯爵の元に送るよ」

「はい。殿下、ありがとうございます」

私たちのダンスに続いて、今度は他のデビュタントの者たちがエスコートする男性と共に踊り始めた。この曲が終われば、殿下は数人の方と踊ることになる。もちろん、私も必要とあれば踊るだろう。

だがまずは、両親と合流しなければいけない。視線を彷徨わせると殿下は既に見つけたようだ。視線で両親のいる位置を指し示した。

そこには、案の定難しい顔をした父とハンカチを握りしめて微笑んでいる母の姿があった。

「あそこにいるよ。さっきのファーストダンスの時から侯爵の視線は感じていたからね」

「そうなのですか?」

「あぁ、ラシェルのエスコートを奪ってしまったからね。恨まれているのかもしれないな」

殿下はこれ見よがしに肩を竦めてみせる。それに私も思わず肩を揺らす。

あと少しで両親の所、というところで殿下の足が止まった。どうかしたのかと私も足を止めて殿下を見つめる。すると、殿下は眉を下げて、私の手をギュッと両手で握りしめた。

「名残惜しいな」

「殿下……」

「また戻ってくるから、待っていてくれるか」

「えぇ、もちろんです」

殿下の沈んだ声に、努めて明るい声で頷き返す。すると、殿下もホッとした顔で微笑んでくれた、その時。

「殿下、わざわざ娘をありがとうございます。さっ、他の方々がお待ちですよ」

「侯爵、もう少し待っていてくれてもいいだろう」

「十分待ちましたとも。さぁ、もう次の音楽に変わりますよ」

「……あぁ。では、ラシェルまた後で」

私が来ないことに焦れたのか、颯爽とやってきた父が、私と殿下の間に体を滑り込ませた。

不敬とも取れる父の態度に、殿下は苛立つこともなく、肩を竦めた。そして惜しむような視線を私へと向けた後、父へ「侯爵、くれぐれも変な虫を寄せないようにしてくれ」と声をかけて、背を向け去っていく。

殿下の進む先には、音楽と共に舞う白いドレスたち。その中には、アンナさんの姿も。

――殿下は、彼女と踊るのだろうか。

モヤモヤとした想いを抱えたまま、私はじっと殿下の後ろ姿を見つめた。

合流した両親と共に挨拶回りをしていたところ、知人である伯爵夫妻との会話が長引きそうだと察知し、そっと席を外す。――近くにいれば、ひとりで立っていても構わないでしょう。

久しぶりの舞踏会だからか、少し肩に力が入りすぎているのかもしれない。窓際に立ち、ホールを見渡すと、遠くに殿下が踊っている姿が見える。

その時、コツコツという足音が聞こえ、誰かが私のほうへと近づいてくる気配を感じる。

「宜しければ一曲どうですか」

その声に振り返ると、そこにいたのは正装姿のテオドール様。

「テオドール様！　まぁ、見違えますね」

「俺だって一応侯爵家の嫡男だからね。こういう場ではちゃんとするさ」

青いリボンで結んだ銀髪がシャンデリアの光を浴びてキラキラと光り輝く。その姿はまるで、絵本から飛び出てきたかのような、現実離れをした貴公子を思わせる。

何よりいつもの粗暴さを隠した微笑みと佇まい。周囲にいる女性たちの視線を完全に独り占めしている。

「それでどうする？　ここにいても手持無沙汰でしょ。それに誰かしらとは踊らないといけないだろうし、俺と踊っといたら？」

「ふふっ、そうですね。ではよろしくお願いします」

差し出された手に自分の手を重ね、ダンスフロアへと移動する。音楽に合わせて踊り始めると、意外なことに、とても踊りやすいことに驚く。

「お上手なのですね」

「驚いた？　一応小さい時からやらされているから。それに好きなことをするには、周りを黙らせるぐらいはできないと、うるさく言われるだろ。それが嫌なんだよ」

「それは、とてもテオドール様らしいですね」

幼いテオドール様が嫌々ながらダンスの練習をする姿を想像し、笑みを溢す。すると、テオドール様も「だろ？」と満更でもない様子でニヤリと笑った。

「そういや、そのドレス。本当によく似合っているよ」

「ありがとうございます」

「想像以上だよ。まぁ、ルイが悩んでいたかいがあるな」

殿下が悩んでいた？　どういうことだろう。パチパチと瞬きをする私に、テオドール様も一緒に不思議そうな顔をする。

そして「あぁ」と納得したようにひとつ頷くと、少し距離をつめて内緒話をするかのように私の耳元に顔を寄せた。

「今ラシェル嬢が着ているドレス、それデザインしたのルイだよ」

え？　一瞬思考が停止した私の頭では、テオドール様の言葉を瞬時に理解することはできなかった。──殿下がデザインをした？　このドレスを？

金色の刺繍も、ブルーダイヤモンドも？　全て殿下が？

じわじわとその事実が頭の中で整理されると、途端に顔中に熱が集まるのを感じる。

「そ、そんな……まさか」

「ほんとよくやるよな。俺もそう思う」

「では、本当に」

テオドール様の顔は嘘をついているようには見えない。心底不思議そうに、そして呆れた顔をしていることから、このドレスをデザインしたのは本当に殿下なのだろう。

「ん？　あ、ラシェル嬢その顔はまずいかも。ルイに気づかれた」

「え？」

「顔真っ赤……。うわー、俺のことすごい睨んでくるんだけど」

テオドール様にどうにかしろといわれても、顔の赤みは増すばかりだ。だって、殿下が私のことを考えてドレスをデザインしてくれただなんて。こんなことがあっていいのだろうか。

頭の中でぐるぐると考えているうちに、いつの間にか曲が終わっていたらしい。テオドール様に元の人の少ない窓際の位置まで連れられると、後ろから「ラシェル！」と、切羽詰まった声が聞こえ、振り返る。

「殿下……。よろしいのですか？　踊ってらっしゃったのでは？」

「もう5人と踊ったからいいだろう。ところで、テオドール！　どういうつもりだ」

殿下がテオドール様に詰め寄ると、テオドール様は不貞腐れたように唇を尖らせた。

「俺は何もしていないから」

「だったら何でラシェルの顔がこんなにも赤くなるんだ」

「……お前のせいじゃん？」

殿下は眉を下げて、心配そうに私の顔を覗き込む。

「ラシェル、どうしたんだ」

「その、実は……」

余裕のない表情をする殿下に、この顔をさせているのが自分だと思うと、どこか嬉しさを隠しきれない。紅潮した頬を隠すように顔を俯かせ、口を開いたその時。

「殿下！」

明るい声と共に白いドレスをなびかせて近づく、アンナさんの姿。隣にいるエルネストの腕に手をまわしてダンスフロアの方から来たことから、彼女たちも先程一緒に踊っていたのだろう。

「殿下、お話し中に大変申し訳ありません。先程のファーストダンスとても素晴らしかったです。フリオン子爵、ご無沙汰しております」

エルネストは殿下とテオドール様、私に頭を下げた。殿下は、眉を寄せながらも頷き返した。隣にいるアンナさんは他の人など目に入らないかのように、殿下だけを見つめてニコニコと微笑んでいる。

「では私どもはこれで」

殿下の微笑みに隠した不機嫌さにエルネストが気づいたのだろう。顔を強張らせながら、私たちに一声かけて向きを変えようとする。

だが、アンナさんはするりとエルネストの腕から手を離して殿下の目の前に立つと、折り重なった白い布をふわっと摘み、優雅な礼をした。

「殿下、今日は私もデビュタントなのです」

エルネストはそのアンナさんの行動に唖然とし、「キャロル嬢」と小声で咎めるように声をかけている。だが当のアンナさんは全く聞こえない素振りで、殿下を熱心に見つめて、何かを期待するように微笑んだ。

それに対して殿下は、アンナさんへは一瞥したのみで、すぐにまた私とテオドール様へと体の向きを変えた。

「あの、殿下？」

アンナさんは、信じられないとでも言いたげに呼び止めるが、殿下はそれに応じる様子がない。

ハラハラと殿下とアンナさんの様子を見守っていると、隣のテオドール様が片手をおでこに当て、はぁっと大きなため息を吐く。

「ここは騒がしいな。ラシェル、向こうで話の続きをしよう」

殿下は朗らかな笑みを浮かべ、私の腰を抱くとアンナさんとは反対へと歩き出そうとする。

——……いいのだろうか。

チラッと後ろを振り返ると、アンナさんが焦れたように「殿下は私と踊ってくださらないのですか……」と小さく問いかけた。

その瞬間、殿下はスッと表情を消し、冷え冷えとした笑みを浮かべながら振り向いた。

「何故、私が君と踊る必要がある」

その声は底冷えするような冷たさを孕んでおり、隣にいる私でさえ背筋が凍るようだ。

アンナさんの後ろにいるエルネストはあからさまに顔色を悪くしている。だがアンナさんは気にも留めないように、意志の宿った瞳で殿下を見据えた。

「デビュタントと踊ると聞きました」

「だからといって君と踊るかどうかは私が決めることだ。……君の父親はキャロル男爵だな」

「はい。それが何か」

「デビューが早かったのでは、と伝えておこう」

殿下の言葉にアンナさんは目を見張り、茫然と立ち竦んだ。

アンナさんは、まるで《信じられない》とでもいいたげな表情で、「……どうして」とだけ小さく呟く。

それでも殿下は一切の慈悲は与えないようだ。「さぁ、行こうか」と私に声をかけ、振り返ることなく歩き始めた。

◆◇◆◇◆

ラシェルを連れてホールを出ると、そのまま迷いなく控室へと戻った。私とは違い、ラシェルは先程のキャロル男爵令嬢を気にかけているようで、ソファーに腰掛けながらも、心ここに

在らず、といった様子だ。

――なんだか面白くないな。

「ラシェル、疲れていないか？」

「えぇ、大丈夫です。それよりも、ホールを出てしまって良いのでしょうか」

「あぁ、シリルには伝えている。それに役目はもう終わったことだし、私だって婚約者と過ごすひと時があってもいいだろう？」

「……殿下」

「それとも、ラシェルは誰か踊りたい者でもいたのか……それは妬ける」

「そのようなことはありません。あの、私……私も、殿下と一緒にいたいです」

あえて悲しげな表情を作って切なげに言ってみたが、まさかラシェルがそんな言葉を言ってくれるとは。本当にラシェルは私を喜ばせることがうまいな。

今だって、ラシェルが私と一緒にいたい、その言葉だけで心が沸き立つようだ。さっきまでの鬱々とした気持ちなんて一瞬で吹き飛ぶ。

それに、部屋の前に護衛は立っているとはいえ、今はこの部屋に二人きり。いくら王太子という立場であるとはいえ、今日はラシェルがこんなにも着飾った場だ。

皆が見惚れるラシェルを残し、目を光らせながらも王太子としての働きだってしっかりとこなした。私だって婚約者を存分に愛でてもいいではないか、という考えが頭をよぎる。

そしてもう一つ、ラシェルには確認しなければいけないことがある。

「先程の事だが……」

「はい？」

「その、なぜテオドールに……」

——あのような可愛らしい顔を見せた。

そう言いたいが、つい言葉に詰まってしまう。これではまるで、テオドールに嫉妬しているようではないか。

……いや、そうか。嫉妬をしているのか。

先程の自分の苛立ち、そしてあのような顔を他の男になど見せたくない。それがテオドールであれ、誰であれ。それはまさに嫉妬……だな。

そう思うと、自分にしては珍しくつい弱気になってしまう。

「すまない。やはり何でも……」

「あの、このドレス！」

ドレス？　ラシェルが顔をまた赤く染めて若干潤んだ目でじっと私を見た。

——あっ、可愛い。

じゃない、ドレスがなんだ？　もしかして気に入らない？

一つの結論に思わず背中に冷たい汗が流れる。確かに自分が似合うと感じて勝手に作ってしまったものだ。もしかしたらラシェルは流行りに沿った方が良かったのかもしれない。

「このドレス、殿下がデザインしてくれたと。その、テオドール様が教えてくださって」

ラシェルは恥ずかしそうに自分の腕をもう片方の腕でギュッと握ると、言いにくそうに視線を彷徨わせながら呟いた。

まさか……まさか、ラシェルに知られるとは。

自分の顔がみるみる蒼褪めるのを感じる。――まずい。これは非常にまずい事態だ。人のドレスをデザインするような気持ち悪いやつだと嫌われたら、どうすればいい。ついラシェルの顔色を探るように覗き込む。だが、ラシェルは嫌がるというよりも、むしろ口元を緩めて嬉しさをこらえているかのように見える。

これは自分が見たいものの願望だろうか。良いように勝手に受け取っているのだろうか。

「殿下、ありがとうございます。車椅子の時もそうでしたが、殿下は私の想像以上の贈り物をくださいます。殿下の考えてくださったドレスを身に纏うことができるなんて……本当に嬉しいです」

ラシェルは意を決したように視線を上げると、バラが一気に咲き誇るかのような幸せそうな笑みを見せる。その瞬間、花々の瑞々しい香りさえ鼻を掠めるかのようだ。

その顔はまさに私がラシェルに恋をしたことを自覚したその笑顔と同じで、時間が止まったかのように私は動くことができなくなった。

意図していないことで、こんな顔を見られるとは。

自分が贈りたいと思っていた物で、ラシェルがこんなにも喜んでくれるなんて、想像さえしていなかった。

車椅子の時は喜んでほしい、笑顔が見たい。そう願った。だが今回のことは完全に自分の自己満足だ。それなのに、こんな笑顔を私に見せてくれるなんて。

ジワジワと温もりが全身に駆け巡る。

――困ったな。自分は昔からどこか感情が欠落しているとさえ感じていたのに。

知らなかった。この手で好きな人を喜ばせることができるということが、こんなにも嬉しいことだなんて。

「はは、君はどれだけ私を夢中にさせるんだ」

今度は私の顔が真っ赤になっていることだろう。ポツリと呟いた声は、ラシェルには聞こえていなかったようだ。不思議そうな声で「え？」と聞き返された。

だが、今の私は何でもないと伝えるように首を横に軽く振ることしかできない。なぜなら、顔があげられないからだ。こんな情けない姿ラシェルに見せられない。

そう思うのに、不思議なことにもっと自分のことを知ってほしい。もっとラシェルの頭の中が私でいっぱいになればいい、とさえ思う。

「また夏になったら一緒に出掛けようか」

「はい！　嬉しいです」

「そうだ、今度はまた違う店を紹介するよ。鍛冶屋の親父さんの所にも連れて行きたいし、足を延ばして湖畔まで行ってもいいな」

恥ずかしさから急に話題を変えた私に対して、ラシェルは一瞬不思議そうに目を丸くする。だが、すぐに嬉しそうに目を細めて笑ってくれた。

その笑顔を見ながら、私はこんな日々が永遠に続くと良い。

それだけを願っていた。


招待客はとっくに帰っているというのに、私は残った仕事を片付けに執務室に寄っていた。夢心地の余韻だけが先程の現実を思い出させる。

「随分浮かれているようで」

「ラシェルが可愛すぎるのが悪い」

「そうですか。まぁ、多少浮かれることは理解しましょう」

シリルも疲れているはずが、こうやって付き合ってくれるとは。本当に毎日よく尽くし過ぎているというぐらいだな。

対して、今悩むのはエルネストのことだ。元々体も強く魔力も強い。そして面倒見がいい人柄は誰からも好かれやすい。

将来は騎士団に入り、実力を付けたところで近衛として側に置こうと考えていた。だがここしばらくのことを考えると、熟考の余地があるな。

「シリル、明日エルネストを呼べ」

「はい。……エルネストですか。どうやら、彼の悪い面が出てしまいましたね」

「あぁ、情に厚い。それはあいつの良い所だろう。だが、何でも面倒みていたら自分自身の身を滅ぼしかねない」

「アンナ・キャロル嬢ですか」

アンナ・キャロル男爵令嬢。私の周りをうろちょろしている分にはまだ良い。だが、ラシェルの周囲を嗅ぎまわっていることは許容できない。

それにあの者は、私に付きまといながらも熱のようなものを一切感じない。

今日のこともそうだ。私が彼女の思い通りになると信じて疑っていなかった。私がダンスを断ったことに心底理解ができないと、そう本気で思っているような表情をしていた。

何か得体の知れないものを相手にしているようで薄気味悪い。目的を持って近づいているようであるが、その目的が何であるか。それが計り知れない。

これが杞憂であればいい。だが今日のような行動は目に余るし、用心に越したことはない。

「また怖いことでも考えているのでは」

「は？」

「殿下のその顔、陛下に似てきましたね」

コトッ、と紅茶のカップを置く音に視線を上げる。シリルと目が合うと、《何を考えているんだ》とでも言いたげなジトッとした視線を向けられた。

そのトゲのある言葉に思わず苦笑する。陛下に似てきた、とはな。自覚はしていないでもないが、あの冷酷な父親に似ているとは良い気はしない。

「……わざとだろう。私の嫌がる言葉を」

「でしょうね。殿下のその微笑みも物事を有利にするためもあるでしょうが、父君に似ないようにもしているのでしょう」

「本当に嫌なことをズバズバと。まぁ、一応……尊敬はしている。国王としてな」

「でも、なりたい姿ではない、と」

痛いところをつかれ呆気に取られると、シリルは普段はあまり変わらない表情を緩ませる。それについ「ははっ、間違いない」と口から笑いが漏れる。

こんな軽口も外では聞かせられない。だが、あえて抱え込みがちになる私の心を軽くしてくれているのだろう。

「シリル、いつも感謝している」

「でしょうね。労いとして、いつでも連休をいただく準備はできています」

「……それは、また追々」

「でしょうね」

シリルは私の答えが想定内だとでも言うように、ニヤリと口角を上げて笑った。

# 4章　かさなる想い

舞踏会の日から私の周囲で変化があった。

まず、エルネストがアンナさんといる場面が減った。生徒会の仕事がない時は、放課後すぐに帰宅し、騎士団の新人練習に参加しているようだ。

そのため、学年の違うアンナさんとは会う時間がなくなってしまったのかもしれない。ただ学園で顔を合わせた時は、いつものように明るい笑顔を向けてくれることは変わらない。

先日エルネストに会った際、どうしたのかと尋ねると、

「自分の甘さを突きつけられてしまったよ。今は自分の将来のために頑張らないと。ラシェルにも迷惑かけてごめんな」

と寂しそうに笑った。

エルネストは、曖昧に濁して私に答えたため、何があっての心境の変化かは分からない。でも、あえてそこを聞き出そうとは思わない。

でも一つ分かるのは、エルネストの顔つきが変化したということ。きっと、エルネスト自身も何かに葛藤し、立ち向かっているのかもしれない。そこは、私が土足で立ち入るべきではな

いと、そう思った。

もしかしたら、私の知らない所でアンナさんと何かあったのかもしれない。それとも、殿下と何かあった……そうとも考えられる。

そして、もう一つの変化。アンナさんもまた、私や殿下に話しかけることがなくなった。隣のクラスなので合同授業もあるが、今までと違い私を視界に入れても、すぐにあの明るい笑顔で声をかけられることがない。

——不自然なぐらいに。

でも、彼女との距離感に戸惑っていた私は、どこかほっとしてしまった。

前回の彼女への行いから、アンナさんに対しては罪悪感が第一にあった。だからこそ、令嬢として目に余る部分であっても注意はしなかったし、彼女は私よりもよっぽど優れた人物という考えばかりが過ぎっていた。

だが少し違うのかもしれない。殿下もそうであったように、前回とか今回とか関係なく、彼女自身をしっかりと見る必要がある。

何といっても、やはりアンナさんへの違和感が徐々に強くなっている。

もしかしたら、私と同じように彼女も過去の記憶がある？　とも考えた。だが、そうなると前回の彼女と今回の彼女は全く繋がらない。

あのニコニコとした笑顔の中で、彼女は何を考えているのだろう。その疑問だけが私の中で何度もグルグルと駆け巡る。

それでも、最近の私の学園生活はとても穏やかで順調な日々を過ごしている気がする。授業は面白いし、仲のいい友人もいる。今までの学園生活では得られなかったものが、ここにある。

アボットさんに借りた本を読みながら、屋上庭園のベンチでひと息つく。人の出入が少ないこの場所は、私にとってもお気に入りの場所になった。予定のない日はここで本を読んだり、勉強をしている。時々殿下と会う時もあり、その時は僅かな時間を一緒に過ごすことができる。

「ラシェルさん」

本に没頭していたからだろうか、誰かが側に来たことに気がつかなかった。

私を呼ぶ声に振り返ると、にっこりと微笑むアンナさんの姿。

「アンナさん、どうされました?」

「ここ、いいですか?」

そう言うと、私が座るベンチの隣を指差す。

「えぇ、どうぞ」

「ありがとうございます。何だか久しぶりな気がしますね」

微笑みで返すと、アンナさんは、どこか気まずそうに苦笑いを浮かべ肩を竦めた。

「デビュタントの日のこと。父に怒られてしまいました。ラシェルさんにもご迷惑をおかけしてしまって、本当にごめんなさい」

「いえ」

「全く周りが見えていなかったように思います。こんなことラシェルさんの前で言うのもおかしいと思いますけど。殿下と踊らないとって、それしか考えられなくて」

「……そ、そうなの。デビュタントですものね」

アンナさんの真っ直ぐな物言いに、何と言っていいのかが分からなくなる。……正直言うと、だが彼女は本心から謝っているように思うし、確かにデビュタントの日について、彼女は婚約者に言ってはいけない言葉だと思う。

それでも今反省しているのであれば、今後は変わっていくのかもしれない。人がいくら言っても、自分が変わろうと思わなければ何も意味がない。それは自分がよく知っている。

「それともう一つ、謝らないといけないことがあるんです」

え？　もう一つ？

アンナさんはいつもの微笑みを浮かべることなく、何処を見ているのか分からない瞳で、ただ遠くを眺めている。

いつもと違う？　何だろう、このモヤモヤする気持ち。

アンナさんを目の前に、突然湧いたような言いようのない不安に私は戸惑いを覚える。

「意味が分からないと思うんですけど、私今までストーリーに拘っていた所があって……。でもそれは難しそうなので」

「えっと、あのアンナさん？」

「結局、ハッピーエンドであればいいのかなって。そうすれば、クリアかなって思うんです」

「……何をおっしゃっているの？」

「思い通りにいかないから戸惑ってたけど、どう頑張っても殿下もあなたもちゃんと動いてくれないから」

何？　動いてくれない？

私が何度も戸惑い尋ねた言葉も、アンナさんには聞こえていないようだ。

「個人的にはラシェルさんと殿下のルートがあってもいいとは思います。でも、私も可能性があるならそれに賭けないと後悔するから」

――これは……誰？　何を言っているの？

大きな目をパチパチと瞬きしながら、勢いよく話し続けたアンナさんは、突然糸が途切れた人形のように沈黙する。だが、それは僅か数秒のことで、すぐに私へと真っ直ぐな視線を向けた。

「だから……。だから、あなたには……ごめんなさい」

一瞬だけ表情を暗くしたアンナさんはその言葉のあと、すぐにまたにっこりと微笑んだ。

困惑する私を他所に、「では、失礼します」と可愛らしく頭を下げ、呆然としている私の前を颯爽と過ぎ去った。その時「……って、キャラに言っても仕方ないか」と意味の分からない言葉を呟く声だけが僅かに耳に入った。

何だったの。何が言いたかったの。

ルート？　キャラ？　……初めて聞く言葉。

あの人は……本当にあの聖女という名の如きアンナ・キャロル？　……それとも、本当は違う誰かなのだろうか。

私は考え込んだまま、その後夕日が沈みかける頃までそのベンチで動くことができなかった。

「最近何か悩んでいることでもあるのか？」

ゴトゴトと揺れる馬車の中で、私の目の前に座る殿下は表情を曇らせながら尋ねた。

……いけない。あの日からふと、アンナさんの言っていたことはどういうことなのか……それればかりが気になって考え込むことが増えた。

殿下に誘われた湖畔への道中だったにもかかわらず、また難しい顔をしていたのかもしれない。

一緒に着いてきたクロも私の膝に乗りながら、《どうしたの？》と尋ねるように、私の顔を覗き込んでいる。

「申し訳ありません。折角、殿下に誘っていただいた日だというのに」

「私のことはいい。それより、ラシェルが何か困っていることがあるなら、教えてほしい。君が一人で思い詰める必要はないし、悩んでいるのであればその負担を軽くしたい」

「……殿下」

「私でなくとも、アボット嬢でも、君の侍女のサラでも、ご両親でも。ラシェルを心配する人は周りに沢山いる。困ったことがあれば、抱え込まないで誰かを頼って欲しい」

『ニャー』

「あぁ、君もだね。クロも心配だってさ」

殿下は私が何に悩んでいるのかを聞き出すことはなかった。それでも、元々自分の中で完結させようとしてしまう性格を見越してか、優しく声を掛けてくれる。

私の心配をしてくれる人がいる。その事実にギュッと胸の中を掴まれるような気がした。

——嬉しい。

その思いだけでいっぱいだ。大切に想う相手が、私のことを想ってくれる。それはとても奇跡のようで、瞳の奥に熱さを感じ涙が溢れそうになる。

「殿下、ありがとうございます。……殿下は本当に凄いです。いつだって私の欲しい言葉をくれます」

「大したことはしてないよ。それに、私は元々誰かを気にかけたことがない。だから、ラシェルがそう思ってくれたのなら、君のお陰だよ。この気持ちを私に教えてくれたのはラシェルだ」

穏やかな顔で微笑む殿下に、思わず見惚れ、頬が赤らむのを感じる。

好きだと自覚してからは、より殿下を纏う全てが輝いて見えてしまうのだから、自分でもこの気持ちをどうすればいいのか分からなくなる。

『ニャーニャー』

いつの間にか膝から降りていたクロが、馬車の扉をカリカリと前足で叩いている。

「クロ、どうしたの？」

「あぁ、もう着くようだな。この湖がある森は王都でも自然に溢れた場所だ。自然を好む精霊にとっては気になるのだろうな」

そうか、確かに王都にはこうして少し遠出をしないと森はない。精霊は元々属性ごとの森に住まうといわれている。クロのソワソワした様子も喜んでいるからなのかもしれない。

「クロ、サミュエルからお菓子を作ってもらったから後で食べましょうね」

私の言葉に尻尾をふわっと揺らし、目を輝かすクロに思わず笑みが漏れる。

本当に、変化する表情全てが、なんて可愛らしいのかしら。

「さぁ、ラシェル。行こうか」

「はい、殿下」

いつものように先に降りた殿下の手を借りながら、馬車を降りる。そこに出発前に挨拶をした護衛たちが数人並んでいる。

だが、その中に私のよく知る人物を見つけ、目を見張る。

「ロジェ！」

「ラシェル様、お久しぶりです」

「会えて嬉しいわ！　元気にしていたかしら？」

「はい。辺境の警備に行っていましたが、先週王都に戻りました。こうしてまた、殿下とラシェル様の護衛に付けることになりました」

「そう。マルセル領では迷惑をかけてごめんなさい」

「いえ、ラシェル様が謝る必要は御座いません。騎士として未熟だったのは自分ですから」

ロジェはあのマルセル領での誘拐騒動の一件で、事件そのものは内密にされてはいるが、責任を取る形で王太子の護衛という王都の花形から、辺境警備へと回されていた。

勿論、辺境警備であっても騎士として立派な仕事だ。ただ騎士団の中で出世しやすいのは、断然王都での勤務であろう。

そもそも、ロジェが罰を負ったのは私が油断したせいに他ならない。だが殿下、そしてロジェ本人も護衛対象を見失ったことは騎士としてあってはならないという意向から、厳罰を受けることになった。

『それが彼らの仕事で騎士としての誇りだ。同時に、彼らの上に立つ者はその責任を負う義務がある』

そう言った殿下の顔つきは私とは全く別の、とうの昔に決意を定めている王太子としての顔をしていた。

私は王族になること、自分の行動で誰かが罰を受ける可能性を理解しきれていなかった。それなのに、私が殿下の騎士を処罰対象としてしまったことに、殿下は責めることはせず、自分らに定められている。

彼の背負っているものはどこまでも重く、それを背負わなければいけない人生を生まれながらに定められている。

それはどれ程のものなのか。到底私には計り切れない苦しみや葛藤の末に、今の殿下がいるのだろう。

殿下は私の視線を受け、また優しい笑みを浮かべてくれた。

「さぁ、まずはボートに乗ろうか」

「えぇ」

「実は……ここに来ることはあっても、ボートに乗るのは初めてなんだ」

「そうなのですか？」

「あぁ。だから年甲斐もなく……少しはしゃいでいるよ」

殿下が湖を指差すとそこにはボートが準備されている。照れ笑いでボートを見る殿下は、どこか少年のよう。可愛らしい姿に、つい笑い声が漏れてしまう。すると、殿下は更に照れたように目を細めた。

「ラシェル、足元が揺れるから気をつけて」

「はい、ありがとうございます」

二人乗りの小さなボートに先に乗った殿下が手を差し出してくれる。

「大丈夫？　座れた？」

殿下の向かいに腰を落とすと、殿下はオールを手にゆっくりと漕ぎ出す。すると、穏やかな風が髪を揺らす。帽子が風に飛ばされないように片手で押さえながら、水の飛沫や葉の掠れる音に自然と意識が向く。

「湖の上からだと、更に美しく感じますね」

「あぁ。想像以上に綺麗だ。……シリルにまた私ばかり遊んで、と叱られるかな」

「では私も一緒に叱られます」

その言葉に2人で顔を見合わせる。どちらともなく、私と殿下の肩が揺れた。殿下に至っては本当に可笑しそうに、「ははっ」と声を上げて楽しそうに笑った。

「楽しいな。最近はこんな風に声を出して笑うことが増えて、自分でも驚くよ」

「そうですね。確かに殿下がこんな風に笑う方だとは、以前は知らなかったです」

「私もだよ。子供の時からあえて喜怒哀楽をコントロールしようとしていたからね」

「何故ですか？」

「幼い時から、私自身を必要とされたことはないからね。いつだって求められるのは王としての資質。それが私である必要はない。国が、民が求める王……それが私の姿なんだ」

そう話す殿下は、自身を必要とされていないことを悲観する訳でもなく、当たり前のことのように淡々と語った。

「私だって、この国や民を大切に思っている。だからこそ、いつだって相応しくあるように学び行動してきたつもりだ。だが、それでは足りなかったんだ」

「……足りなかった？」

私からすれば、殿下は十分過ぎるほどの働きをしている。とても18歳には見えない程大人びた人だ。

「全てを損得でしか考えられず、人を使うことに慣れた嫌な人間だ」

「それは……王太子としては間違ってはいないかと」

「……そうかもしれない。だが、そんな人間に誰かを幸せにすることなど、できないだろうな。美しいもの、美味しいもの、それを分かち合う相手がいる。人の苦しみ、幸せを知ることで、他者を思いやれる。そんな当たり前のことを、私はこの年になって初めて知ったんだ」

私が今まで見てきた殿下は、弱さを嫌う。自分を曝け出すことも嫌う。

だが、そんな殿下が今、私に彼の素を見せてくれている。

きっと、それを私が受け入れるかどうかは、きっと関係ない。

自分自身と向き合った殿下の、ありのままの本音を、ただ伝えようとしているのだろう。

「ありがとう、ラシェル。私を一人の、心ある人間にしてくれて」

晴れ晴れとした表情の殿下に、一切の迷いの色はない。そんな殿下に、まるでパズルの最後のピースがはまるように、頭の中でパチリという音が響いた。

「殿下、私こそ……あなたの強さ、優しさに何度救われたことか。自分の弱さに気付けたのは、殿下の強さがあってこそ。その誰にも揺るがすことのできない殿下の強さは私の憧れです」

彼の背負うものを私も背負いたい。自分の弱さにも向き合いたい。

そして、何より殿下の側にいたい。

「殿下、私もあなたが大切にするこの国を、一緒に守ってもいいですか？」

「ラシェル、その意味を聞いても良いだろうか」

驚きに目を見張った殿下は、不安と期待が混じった不安定な視線を私へと向けた。

好きだと自覚した時から、何度も自問自答した。彼の隣にいることは、王太子妃、ひいては後の王妃となるということ。その覚悟が自分にあるか。この国に身を捧げる覚悟ができるか。

だが、結論はとっくに出ていたのかもしれない。

——殿下への想いを自覚することは……決意と同等なのだから。

「殿下」

私の呼び掛けに、殿下は微笑みを消し、黙って私の言葉を待つ。

ポチャンと、魚が飛び跳ねる音がした直後、風が止み、辺りがシンと静まり返る。

「――殿下、あなたのことが好きです」

私の声だけが、その場に響き渡った。

殿下は息を飲み、みるみる極限まで目が見開いた。

「いいのか？　私が望むことは、君の自由を奪うことかもしれない」

「それでも、愛する人の隣にいることはどんな景色よりも美しい。そうではないでしょうか」

きっと困難はあるだろう。それでも強くなる、そう決めた。

好きな人の側で、愛する人と私の信念を実現する。そんな人生も素敵なのではないだろうか。

「……ありがとう」

そう小さく呟いた殿下の声は、弱々しく微かに震えていた。瞳は揺れ、僅かに光って見える。

だが、そんな姿を見られるのは嫌うだろう。だから、私はあえて自然を楽しむように、青空で自由に遠く飛ぶ鳥を眺めるふりをした。

「ルイいないの？」

ルイに頼んでいた資料を貰おうと、空いた時間に王太子執務室へと向かった。部屋の前にきてからようやく、その本人がいないことに気づく。

どうするかとしばし部屋の前で考え込むと、丁度シリルが大量の書類と共に歩いてきた。シリルは俺に気づくと、若干面倒くさそうに顔を歪めるが、すぐにいつもの無表情に戻る。

いやいや。取り繕ったところで、一瞬《げっ》って顔しただろ。まぁ、こいつも揶揄うと面白いから、つい構いすぎてしまう所は認めるが。

ルイは特に子供らしさに欠けていたから、小さい時からもう一人弟が出来たかのように、より構い倒していた気がする。ついでにその側にいるシリルも一緒に遊んでやったけど、こいつはどうも俺に苦手意識があるらしい。

小さい時に魔術を見せて喜ばせようとして、逆に驚かせて泣かせたことがいけなかったか……。それとも泳げないことに悩んでいたから、無理矢理泳げるようにさせたアレのことか……。

それとも……。――色々あり過ぎてどれが原因かは判断つかないな。

弟たちもそうだが、どうも俺は子供の扱いが下手らしい。遊んでやってるつもりなのに、よく泣かれた覚えがある。その中で、ルイだけは俺を興味深そうに観察していたが。

あいつは、初めて会った時から天使のような顔をしながら禁術すれすれの術ばかりを強請ってきた。シリルや弟が泣いている側で、ルイだけはいつも楽しそうに目を輝かせていたしな。

まぁ、あいつは一般的な子供じゃないから参考にはならないだろう。それに今はシリルもこんなに立派になったのだから……まぁ、良いか。

「どうされました？」

「ルイに資料を頼んでおいたんだけど、何か聞いているか？」

「あぁ、それでしたら預かっています。こちらにどうぞ」

そう言うと、王太子執務室の隣にある部屋へと案内された。こちらは補佐官の部屋なのだが、シリルに用事がある時も常にルイの側にいるため、この部屋に入ることは稀だ。

「どうぞ、そちらにお掛けください。——少々お待ち下さい。……確か、ここに」

勧められた一人掛けソファーに座ると、シリルは机の上に積み上がった書類の束と数冊のファイルを取り出すと、順に確認しに行く。

よくあそこまで溜まった書類を全て把握することができる、と思わず感心する。

それにしても、ルイはどこに行ったんだ。学園が休みの時は基本仕事しかしていない奴なのにな。

「で、ルイはどこ行ったわけ？」

「……殿下は、湖に出掛けています」

「湖？　何でまた……あぁ、デートか」

俺の問いに、資料を探しているシリルの手がピクッと動く。その後、たっぷりの間を空けて、シリルは淡々と答えた。

ルイが湖？　全く似合わないな。

どう考えても、デートなど時間の無駄。婚約者とはお茶会で十分、と考えそうなタイプなのに。わざわざ馬車で往復三時間も掛かる場所に出掛けるとは。

「本当に変わったな」

「えぇ、変わりました」

「……嬉しいんだ？」

「は？」

「ルイの心配を一番しているのはお前だもんな。人間らしくなったルイに安心してる、という心情のオーラをしているな」

「……人のオーラを読むのは止めてください」

刺々しい言い方をいくらしても、シリルの纏う空気はとても優しく温かいものだ。生まれた時から常に一緒にいるシリルにとって、ルイの変化は驚くべきものであろう。

——だが、これで良かった。そう本当に思う。

「恋って凄いな」

「結婚したくなりましたか？」
「まさか。俺に結婚は向かないだろ。相手が可哀想だからな」
「そうですか。……あっ、これです」
シリルは俺に質問しておきながらも、その返答には全く興味がなさそうに、一つのファイルを俺へと差し出した。それを受け取り、ファイルを開くと中に挟まった紙を流し見する。
そこには、一ヶ月後に予定されている行事の詳細が書かれている。
《精霊召喚の儀　参加生徒》
ナタリア・アボット
ファルマン・ウードン
マチアス・ミショー
アンナ・キャロル
毎年恒例の精霊召喚の儀。呼び出すための魔法陣、結界、準備は全て魔術師団が行う。なぜなら、精霊は普段からその辺にいる訳ではない。呼び出すには魔術師数人の力と、事前の準備が必要になるからだ。
そんな精霊召喚の儀の今年の責任者が俺、と言う訳だ。
「ふーん、今年は少ないな」

「そうですね。本当はもう二人予定されていましたけど、一人は修道院ですからね。もう一人はラシェル嬢ですから」

「修道院って、あれか。あの試作品を急かされたやつか」

修道院という言葉に、数ヶ月前の出来事を思い出す。サミュエルとの会話の中で面白そうなことを言っていたから、魔道具の熟練技師と遊びのつもりで試作品を作っていた。それをルイが何処からか聞きつけ、早急に使用できるように作ってほしいと頼まれたのだったな。

——本当にあいつの情報網は恐ろしい。

まぁ、そんなことがあって、対象予定の生徒の一人が学園を去ったらしい。

そしてラシェル嬢。彼女は黒猫ちゃんと契約しているとはいえ、魔力量が全く足りない。他の精霊と契約するにしても、召喚の儀式にかかる負荷に耐え切れないだろう。

「このアンナ・キャロルってこの間のデビュタントで見た問題児だろ」

「……はい。魔術の成績は優秀で、魔力量もここ数年の生徒の中で一番多いかと」

「この資料通りなら、中位……いや、もしかしたら高位精霊も呼べる可能性はあるな」

資料上の《アンナ・キャロル》という文字を眺めると、デビュタントの日のことを思い出す。

あの不思議な空気を纏った少女。

言動は酷いものであったが、周囲の空気は静かだったな。精霊に好かれそうな雰囲気がある。

……だが、彼女は何か秘密を抱えている。そう、ラシェル嬢のように。

手を顎に当てて考え込んでいると、ふと視界にシリルが眉をひそめている姿が目に入る。シリルにとっては、このアンナというのはルイに面倒事を持ち込む厄介な奴なのだろう。

俺としては、ラシェル嬢であれキャロル嬢であれ、別にその秘密を暴く気もない。面倒臭いし、他人事だし。関わりすぎて取り返しのきかない事態に陥るのは御免だ。自分の特殊な力は、必要な時に使えばいい。その考えを変える気はない。

「じゃあ、これは貰ってく。ルイによろしく言っといて」

「はい」

ファイルを閉じ、ソファーから立ち上がりながらシリルに一声かける。それにシリルが返事をしたのを聞き、ドアへとまっすぐ向かい手を軽く振るように上げて部屋を後にする。

魔術師団の練習場へと向かおうと、王宮内の廊下を歩いている途中、前から歩いてくるルイの姿に気づく。その後ろにはロジェの姿も。

おっ、帰ってきたか。

「よっ、デート帰りだって？」

「テオドールか。シリルから精霊召喚の儀の資料は受け取ったか？　まだなら今から渡すが」

「いや、それはここにあるから大丈夫。で、湖は楽しかった？」

「……あぁ、そうだな。楽しかった」

あれ？　いつもと反応が違うな。

揶揄うつもりの言葉に、幸せそうな微笑みを浮かべたルイに違和感を覚える。俺が湖行ったことを知っていることにさえ、何も言わないとは。

思わず、ロジェに「こいつどうした訳？」と尋ねるが、ロジェは真面目な表情を崩さない。

「はっ。良き休日を送られたようです」

「何それ、全然分かんないんだけど」

俺は思わず頭を掻くと、はぁっと一つため息を吐く。

「ラシェル嬢と何かあった？」

「……有ろうが無かろうが、それは言わないからな」

ラシェル嬢の名前にルイは分かりやすく肩を大きく揺らすと、その瞳に甘く優しい色を浮かべる。だが、直ぐに表情をいつもの状態へと戻した……つもりらしい。

うわ、この無駄な色気は俺に不要なんだけど。しかも幸せオーラは消せていないし。

この様子、間違いなく何かあったな。しかもかなり良いことが。大方、ラシェル嬢と想いでも通じた……って所か。

「まぁ、良かったたな」

ルイの未だかつて見たことのない様子に、俺はしみじみとそう感じた。そして、ポンポンとルイの肩を叩くと「じゃあ、またな」とだけ言い残して、また足を動かし始める。

背後からは少し間が空いた後、遠ざかる二人分の足音が聞こえた。

歩きながら、ふと手元のファイルに目線を落とし、先程シリルと話していた一人の少女のことを思い出す。

先程から何故かふいに胸騒ぎのようなものを感じることが、気になって仕方がない。

……このまま何も無ければいいが。

折角手に入れたルイの平穏を壊すような真似は流石に許容しない。そんな事になれば、友人として、兄代わりとして手を貸してやらないこともない……かもな。

そんな柄にもないことを考えるぐらい、ルイとラシェル嬢が幸せに結ばれる未来を、俺も願っているらしい。

# 5章　精霊召喚の儀

精霊召喚の儀が行われるまであと一週間。学園内は人の出入りが多く、魔術師や神官など儀式関係者の姿を多く目にする。

中でもテオドール様は責任者のようで、度々顔を合わせることが増えた。会う度に気軽に声をかけてはくれるが、いつも疲れ果てた顔をしている。心配でどうしたのかと尋ねると、どうやら女生徒たちからの猛アタックから逃げることが大変らしい。

確かに、次期侯爵、将来は魔術師団長確実、それに加えてあの美形……。しかも婚約者の席が空いているという優良物件ぶりに、女生徒達に狙うなと言う方が無理な気がする。

「あら、今日もフリオン子爵は大人気ね」

二階の廊下を並んで歩いていたアボットさんが、窓から下を眺めて呟いた。そう、今日も変わらずテオドール様は女生徒に囲まれているようだ。

殿下も同じようによく囲まれることが多いが、穏和な態度を取りながらもいつもサッと躱している。対するテオドール様は面倒臭そうな様子が態度に有り有りとしている気がする。

……きっと女性、というより人の扱いの上手さの差、かしら。

あっ、目が合った。

何か口をパクパクと開けて言っている？　えっと、何かしら。《何とかしろ》？

そう言われても……私も窓の側へ寄り下を眺めるが、女生徒の数が先日に比べて、更に増えている。あれでは、私がどうにかしようとして飛び火しかねない。

そういえば、殿下も『あれは婚約者を作らないのだから仕方ないだろ。放っておけば良い』と言っていた。

……テオドール様、ごめんなさい。今の私はとても力不足です。

今度、サミュエルに美味しいもの作ってもらうので、今日は許してください。そう心の中で謝り、テオドール様へと向けていた視線をそっと外す。

下から感じる鋭い視線は、気のせい……よね。

窓からひっそりと離れてアボットさんにニッコリと微笑む。

「アボットさんも精霊召喚の儀に参加するのよね」

「ええ、成功するか分からないから憂鬱よ。生徒であれば観覧可能でしょ。だから失敗したら次の日から学園に通うのは辛いわ」

「大丈夫よ。そもそも契約できないと魔術師が判断した人は、儀式自体に参加できないもの」

「……そうだけど。だって数年前に失敗したというじゃない。その人、今も社交界から遠ざかって領地に籠もっていると聞くわ」

この精霊召喚の儀は学園のアリーナで行われる。このアリーナは、学園祭や魔術大会、剣術大会などでも使用され、客席が傾斜のある階段になっており、貴賓席も備わっている。

そんな全方向から囲まれた状態で行われるため、参加する生徒の緊張は相当のものだ。

勿論私も前回参加したが、その時はトップバッターで中位精霊との契約ができたため、沢山の拍手の中で意気揚々と控え室へ戻った覚えがある。

そのため最後に登場し、光の精霊王に加護を貰った前回のアンナさんの儀式は見ていない。

その時観覧席にいたカトリーナ様が後々、光の精霊王はとても神々しく、あまりに美しかったと恍惚とした表情で言っていたことを思い出す。生徒の中には感動で泣き出す人も多かったそうだ。

……だが、今回はどうだろう。

アンナさんは前回のアンナさんとは全く違う。だからこそ、今回も光の精霊王が現れるとは限らない。……そう思うのだ。

私もそう。同じ人格ではあるが、魔力を失ったことで前回契約した精霊と契約することができない。それでもクロと契約できた。

つまりは、精霊との契約においての未来も変わっているということだ。

私の思い違いでなければ、今回のアンナさんは何かしらの原因により前回とは別の行動を取っている。しかも、人格そのものが違うかのような言動が多い。

前回のアンナさんは聖女と誰もが認める人柄。……でも今回は？

何かが変わる可能性もあるのではないか。

「……どうなるのかしら」

思わず頭で考えていた言葉がポツリと呟くように出てしまう。ハッとして目の前のアボットさんを見ると、彼女は肩を竦めた。

「なるようになるわよね。どういう結果になろうと、胸を張って出ることにするわ！」

「さすがアボットさんね。貴方なら大丈夫。本当にそう思っているわ」

「えぇ、ありがとう。マルセルさんも見に来てくれる？」

「勿論よ」

「それなら安心だわ」

アボットさんはそう言うと、ニッコリと笑い「じゃあ、今からまた魔術練習に行ってくるわ」とギュッと拳を握りしめ、練習室の方向へと向かっていく。

そんなアボットさんの後姿に、エールを送りながら、私はまた歩き始めた。だが、少し進んだところで、空き教室のドアの向こうからヒュッと出てきた腕に掴まれる。

そのまま空き教室へと私の体を引き摺り込まれ、驚きに「きゃっ」と叫び声が出た。

だが、その腕はギュッと宝物を抱えるが如く、私を力一杯に抱きしめた。

その時、頬に金色のサラッとした髪が当たる。

――あ……。この髪。

「殿下！」

「驚かせてごめん、ラシェルが見えたから、つい。……怒った？」

振り向くと、眉を下げて叱られた後の子犬のような表情をする殿下の顔。

「驚きましたけど、怒ってはいません」

「良かった。最近の私は、君を見つけると、つい抱きしめたくなってね」

最近の殿下はどこか吹っ切れたかのように、ストレートな物言いとスキンシップが多い。本人にとっては、意図していない自然なことなのであろう。

この間、『あの、手を離さないと帰れません』と言ったところ、手を繋いでいた事実に驚愕し目を見開いていた。でも、『ごめん！』と慌てふためく珍しい殿下を見られたのは、ちょっと嬉しかったかも。

「今日はもう帰る予定？」

「はい」

「だったら私が送っていくよ。私も今日の用事は片づいたからね」

……嬉しい。

顔を合わせることが出来ただけでも幸せなのに、家に帰るまで一緒にいられるなんて。また、私の心がポカポカと温かいもので満たされる。

「殿下、ありがとうございます」

「いや、私が君と一緒にいたいだけだから。ついでに侯爵邸に少し立ち寄ってもいいかな？　クロとも一緒に遊びたいと思っていたんだが」

「勿論です！　クロも喜びます」

クロという名に、すぐに家で待っているであろう、可愛らしい黒猫を思い浮かべる。すると自然と口元が緩むのを感じる。

殿下はその様子を微笑ましげに眺めた後、私の瞳をじっと見つめた。

「ラシェルは？」

「え？」

「ラシェルも喜んでくれる？」

「……はい。もちろん」

熱に浮かされるまま、ポツリと返事をすると、殿下はまた嬉しそうに目を細め、私の腰に回していた腕をサッと離した。

……何だか寂しい。

殿下の温もりが体から離れたことに、寂しさを覚える自分に気づき、ハッとする。

やだ、何を考えているのかしら……。恥ずかしさに、ブンブンと勢いよく首を左右に振る私に、殿下はおかしそうに「はは、大丈夫？」と笑いながら問いかけた。

「だ、大丈夫です」

「じゃあ、準備してくるから馬車乗り場で待ち合わせしようか」

「はい。待っています」

殿下は嬉しそうに目を細めると、私の頭を優しく撫でて、そのまま教室を後にした。

……やっぱり慣れない。殿下のあの熱の篭った瞳は、本当に破壊力抜群だわ。今も、私の顔は真っ赤になっていることだろう。

殿下には敵わないわ。そう感じながらも、私の足取りは軽く、馬車乗り場を目指した。

ついに精霊召喚の儀の当日。

私は殿下と共に貴賓席に座り開始を待つ。この貴賓席には私たちのほか、魔術師団や教会関係者も案内されているようだ。

学生服姿なのは私と殿下、そして私とは反対側の殿下の隣に座っているシリルだけで、他は大体が神官服か黒ローブを纏っている。

席に座ると中央で最終準備をしているテオドール様がよく見える。長い銀髪を黒い紐で結び黒ローブを纏う姿は、周囲の魔術師と同じ装いだというのに、一人目を引く。

そんなテオドール様は杖で地面に巨大な魔法陣を描く。その真剣な表情は、普段のテオドール様と全く異なり、観覧席にいる学生は皆一様にその姿に釘付けになっているようだ。

「別人のようだろう?」

殿下が私の耳に顔を寄せ、テオドール様を見ながら愉快そうに微笑む。

「ええ、やはり凄い人なのだと実感します」

「あぁ、あいつは凄いよ。今描いている魔法陣だって、普通は数人掛かりで作り上げるものだが、ああも易々と。本当に規格外だよ」

殿下は肩を竦めながら呟くが、その表情はどこか憧れを含んでいるかのように感じる。殿下は軽口を叩きながらも、心の底からテオドール様を尊敬しているのだろう。

「ラシェルは精霊召喚の儀は初めてだったね」

「あ、そうですね……はい。初めてです」

「そうか。それなら驚くことも多いだろうね」

殿下の言葉に思わずドキッとし、声が裏返りそうになる。——観覧したことも、参加したこともある。とは、殿下にはとても言えない。

「とはいえ、私も参加自体はしていないからね。あぁ、シリルは去年やったか」

「はい。ですが、あっという間に終わった印象しかないですね」

殿下は顎に手を当てながら、隣に座るシリルに話をふった。

そういえば、前回1年生の時にはシリルとエルネストは参加していたが、殿下は参加していなかった。というのも、王族は10歳の時に精霊召喚を極秘に行っているそうだ。聖女の血を引く王族は、その魔力量の多さと血筋の影響なのか、光の精霊と契約することも多々あると聞く。

そして、王族以外で光の精霊と契約することはとても稀であるとか。

ただ、先祖返りの力を持つらしいテオドール様はどうなのだろう。契約精霊もまた光の精霊なのかしら。

「テオドールがどうした？」

「えっ、声に出ていましたか？」

「いや。じっと見ていたから、テオドールに何かあるのかと思ったが……違ったか？」

「いえ、殿下が規格外と称されるテオドール様の契約精霊は何かと……少し考えていまして」

「あぁ、今度本人に尋ねてみると良い。きっと驚くことを教えてくれるよ」

「……驚くようなこと？」

ポカン、とした顔をしているであろう私に、殿下は目を細めて「あぁ、どこまでも普通じゃないからな」と楽しそうに笑った。

普通じゃないって……益々テオドール様の疑問は増すばかりね。と考えているところで、鐘の音が鳴り響いた。

儀式開始の合図だ。観覧席の生徒たちも皆雑談を止め、会場内は静寂に包まれた。

最初に登場したのは、アボットさんだ。堂々とした足取りで魔法陣の中央に立つ。そしてテオドール様が呪文を唱えた瞬間、会場内に一陣の風が吹き抜ける。

——あっ！　成功だわ。

アボットさんが嬉しそうに微笑むと、彼女の差し出した腕の中に薄茶色のリスが現れた。

まぁ！　アボットさんに顔を寄せて、何て可愛らしいのかしら。

「土の低位精霊だな」

「ええ、本当に良かったです」

前回の時もアボットさんは精霊召喚に成功しているため、心配はしてはいなかった。だが実際に安堵の表情を浮かべるアボットさんに、私もほっと胸を撫で下ろす。

そして、アボットさんに続くように男子生徒が2人、それぞれ土と火の低位精霊の召喚を成功させていた。

「アンナ・キャロル」

魔術師の一人が呼ぶ声に「はい」と鈴を転がすような可愛らしい声を響かせる。現れたアンナさんは緊張した様子もなく、いつものようにニコニコと微笑んでいた。

遠目から見ても、この状況を楽しんでいることが分かる。キョロキョロと辺りを見渡しながら、魔法陣の中央まで進んでいく。

そして、中央で立ち止まると観覧席をぐるっと一周見渡した。

あ。今……目が合った？

私を見ているのか殿下を見ているのか、ここからでは遠くて判断がつかない。だがアンナさんは確実にこちらへ視線を向けると、神妙な顔付きでペコリと小さく頭を下げた。

何、どういうこと？

アンナさんの視線の意味も、何故頭を下げたのかも分からない。それでも、彼女が何らかの意図を持って投げかけた視線。それに、漠然とした不安だけが私の中で広がった。

テオドール様の呪文の声が会場に響き渡ると、次の瞬間、魔法陣から一気に光が溢れた。

そのあまりの眩しさに思わずギュッと目を閉じる。だが閉じたままでも、顔に直接ライトを当てられたかのような光の強さを感じる。

――この光は何……!?

だが、考える隙も与えぬ間に、強風が吹き抜けた。もはや竜巻かのような勢いに、そこら彼処で戸惑いの叫び声が聞こえる。

「なんだこの風は！　ラシェル、大丈夫か」

「はい、私は大丈夫です」

目を固く瞑りながら手で髪を押さえていると、殿下にギュッと抱き寄せられた。まるで守られているような安心感に、私の中を渦巻く不安が小さくなる。

だが、その光と風は一瞬の事だったようで、すぐに周囲は音もなく静けさだけが残る。

そっと目蓋を開けると、そこには、

「何だ……」

「えっ？」

魔法陣の上にただしゃがみ込んだアンナさんの姿。その側に精霊の姿はない。

どういうことなの。何も起こっていない？　今のは一体何だったの。

私が戸惑うように、周りの生徒達も同じように何が起こったのか分からなかったようだ。

いや、学生だけではない。魔術師や神官も互いに顔を見合わせて難しい顔をしている。

この異様な事態に、周囲から騒めきが広がる。「失敗？」「さっきのは一体」と戸惑うような声だけがヒソヒソと聞こえた。

魔法陣の中央にいたアンナさんは光と風を一番に感じたはずだ。その場に蹲み込んで、困惑した表情を浮かべている。

だが、魔法陣のすぐ側。中央にいる人物でただ一人、座り込むことなく背筋を伸ばし、真っ直ぐに立つテオドール様。彼はジッと魔法陣を見つめている。

そして更に呪文を追加するように口を動かすと、楽しそうにニヤリと口角を上げたその瞬間。

『我に呼びかけた者は誰だ』

呪文に応えるように、魔法陣から神々しい光と共に、凛とした声が響き渡った。

白い光により、全体像は捉えられない。だが、微かに見える長い金髪の1本1本から眩い光を放っているようだ。

「あれは……」

隣に座っていた殿下が前のめりで、ジッと目を凝らして強い光を見つめている。

徐々に光がやわらぎ、その全容が明らかになると、周囲の騒めきはまた大きくなった。

「あれって」

「嘘……」

「まさか」

これが……。

もしかしたら、現れないかもしれない。何処かでそう感じていたのは事実だ。

だが、私は知っていた。今日、ここに現れるであろう人物を。

それでも前回は早々に控え室にいたために、その目で見た事はない。だからこそ、想像以上
……いえ、想像を絶する圧巻の存在感に驚く。

精霊は魔力が高くないと見ることができないが、精霊王は別だ。前回は３００年前に現れたというが、その時もその場にいた全ての人が精霊王を目にしたらしい。

そして、今周囲の状況からして、この場にいる全ての者が光輝く人物を目にしているらしい。

「光の……精霊王」

思わずポツリと呟くと、すかさず周囲の神官や魔術師は状況を察したのか、平伏した。

チラッと隣に視線を向けると、殿下も胸に手を当てて頭を下げた。私も同様に座りながらではあるが、敬意を表す礼をする。

戸惑いの声が徐々に歓声へと変わり、会場全体で感嘆の叫びが響き渡る。

『良い。我は頭を下げられる事は望まぬ』

その声に恐る恐る顔を上げると、そこには、圧倒的な存在感を放った光の精霊王の姿があった。腰まである長い長髪はキラキラと輝き、頭上には王の象徴である王冠を被っている。涼やかな目元にスラっとした長身。絶対的な威圧感、そして完璧な美がそこにあった。

『して、我を呼んだものは……お前か』

精霊王は、動かした視線をアンナさんの所で止めた。アンナさんは頬を紅潮させ、興奮を隠さずにジッと精霊王を見つめ、「はい」としっかりした声で答えた。

『我を呼び出すことができるとは、面白い人間を久しぶりに見たな。……確かに呼ばれた時に見た魔力の色と其方は同じ、か』

そう言うと、精霊王はアンナさんへ視線を向けながらも何かを思案する表情を見せる。

『……だが、何かひっかかるな』

「何か、とは」

精霊王は何かを探すようにゆっくりと、体を動かし、一つ一つ確認するかのようにアンナさん、そしてテオドール様をジッと見た。そして、その後今度は観覧席へと視線を動かす。

えっ。今こっちを見た？

精霊王の鋭い視線に心臓がドクン、と大きく鳴った。体が硬直したかのように動かなくなる。こんなにも遠くにいるはずなのに、まるで目の前に精霊王を感じるかのような感覚。

……何が起こっているの。

不安になり、思わず動かない手を必死に伸ばし、掴んだものをギュッと握りしめる。すると、それに気付いたかのように私の手を大きな手が包み込んだ。

……あ。殿下の手？

そうか、今私が掴んだのは殿下の制服かもしれない。それに殿下が気付いて握り返してくれたんだ。

体が動かないことで、隣を見る事は叶わない。それでも伝わる温もりに、殿下が《大丈夫だ》と言っているようで安堵する。

だが、体の硬直は精霊王が視線を私から外すタイミングと共に、ふっと解けて軽くなる。

「どうした、ラシェル」

「いえ……」

すぐに殿下は私の変化に気付いたようで、心配そうに顔を覗き込んだ。いや、もしかしたら私が気づかなかっただけで、もっと前から声を掛けてくれていたのかもしれない。

だが、先程の状態をこの場で殿下には伝えることは難しいと判断し、私は殿下に向けて微笑みを返して曖昧に言葉を濁した。

殿下は更に言葉を続けようと口を開けるが、その前に精霊王の声が聞こえ、私たちは精霊王のいる中央へと意識を戻した。

『未来を変えた？　違うな……遡った、か。なるほど』

精霊王はしばし目を瞑って考え込むような表情をした後、何かをボソッと呟いた。ここからだと距離が遠すぎて何を言っているのか理解できない。

だが精霊王は可笑しそうにクックッと肩を揺らしながら笑い、『我も今まで気づかなかったとは、やられたな』と呟く。

『どうやら、ここには面白い人間が何人もいるようだな』

そう言うと、精霊王はアンナさんへと向き直った。

『我を呼んだのなら望みがあるのだろう。それで、お前の望みは何だ』

「……加護。精霊王様の加護を頂きたいです」

『ほう、加護とな。其方は私の加護を貰うに相応しいと申すか』

「相応しいかは精霊王様が判断を。私は貴方の加護を望むだけです」

アンナさんは真っ直ぐ精霊王だけを見つめた。精霊王はアンナさんをしげしげと観察しながら、しばし手を顎に当てて考え込む。

『其方、元の人格を封じ込めているな。いや、それも元は其方だ。……記憶を失った代わりに前の記憶を思い出した、か』

「なっ……」

精霊王がアンナさんの耳元に顔を寄せた。直後、アンナさんが大きく体を揺らし、唖然とした表情をしたことで、精霊王がアンナさんに何かを伝えたのだろうということがわかる。

顔色がどこか悪くなったかのように見えるのは気のせいだろうか。

「何を話しているのでしょう」

「ここからでは分からないな。テオドールがいる辺りでなら分かるかもしれないな。それにしても、精霊王が現れるとは……本当にこれが現実だとは、信じられないな」

……そうだろう。精霊王が現れると誰が思うだろうか。御伽噺のような話だ。

直視し過ぎるのは不敬と分かっていても、それでも精霊王から目が離せない。きっと、それは今この場にいる全ての人がそうなのだろう。

更にこの場から精霊王の様子を窺っていると、アンナさんと精霊王は会話をしているようだが、私の耳に小さい音さえも聞こえてはこない。

『我に隠し事は出来ぬ。其方が望む未来も我には分かる』

「それは！　それは……可能でしょうか」

『我は人には干渉しない。よって、其方の行末も何も言わぬ。全てはお前次第。だが、叶うかも分からぬものに価値などあるのか。望む未来が来る保証などないぞ』

「私の全てを賭けてでも……叶えたいのです。今を逃したら私には時間がないもの」

『面白い。やはり人の子の考えは我には理解できぬ。……だが、その一途な心意気は気に入った。其方に加護を授けてやろう。だが我の力は悪いことには使えない。光とは慈愛に満ちた力。それを理解しないものに力は使えぬ』

「はい……はい！　ありがとうございます」

……やはり全く聞こえない。アンナさんは必死に何かを訴えているようにも見える。あのような必死なアンナさんを見るのは初めてだ。

そして話が終わったのか、アンナさんは目を閉じて胸の前で両手を組む。

精霊王は片手をアンナさんの額に付ける。するとアンナさんの体全体をキラキラと煌く光が優しく包み込んだ。

その瞬間に理解した。

――あぁ、変わらなかった。光の精霊王が加護を与えたのだ。

今、ここに聖女が生まれた。アンナ・キャロルという聖女が。

この出来事に私はただその様子を黙って見ている他なかった。だが、この歴史的瞬間を目撃した他の観客たちは別だ。

「聖女！　聖女様だ！」

「まさかこの瞬間に立ち会えるとは」

「精霊王様！　聖女様！」

周囲は状況を読もうとザワザワと騒ぎ始める。徐々に精霊王が加護を与えたのだと分かると、騒めきは戸惑いから歓喜へと変わっていく。

地響きのように割れんばかりの拍手と歓声に会場中が包まれた。

「聖女、か。よりによってキャロル嬢が……」

隣から聞こえる呟きに、思わず殿下の方へと顔を向ける。殿下は冷静さを失わず、ただジッとアンナさんへと視線を向けた。その視線は聖女が生まれたことへの喜びよりも、それに対し今後考え得る状況を判断している……という顔だろうか。

……そうだ。アンナさんが聖女になったからといって、今後の未来も同じになるとは限らない。私は過去のような過ちを犯すつもりはないのだから。

何より、私が殿下の気持ちを信じなくてどうするの。

「殿下……」

「ラシェル。……流石の私も驚いたよ。まさか精霊王が現れて加護を与えるとは、ね」

「えぇ」

「心配？　そんな顔をしているから。……大丈夫、しばらくは国中が騒がしくなるだろうが、良い方向に行くよ」

「……そう、ですね。ええ、喜ばしいことですね」

不安が隠し切れていなかったのだろう。殿下は、私を安心させるように穏やかに微笑んだ。不思議なことに、殿下が声を掛けてくれる。それだけで、先程の不安が少し軽くなり、安心感が生まれる。

そうよね。アンナさんが聖女となっても私たちの関係は変わらない。前回とは違う関係性を築いているのだから。

それよりも、この国に300年ぶりに聖女が生まれたことを喜ばなくては。今後、彼女も聖女としての務めで忙しくなるだろう。そして、私は王太子殿下の婚約者として、影ながら支えていければいいと思う。

ただ、少し気になるのはアンナさんの殿下への態度。殿下を気にする素振りが多い。その行動にどういう意図があるのか。

……もしかしたら、アンナさんも殿下のことを。

そんな考えがふと頭に過り、ハッとする。……駄目、今殿下と私は変わらないと考えたばかりじゃない。

視線の先には、嬉しそうに微笑みながら皆の拍手に応えるように、ワンピースをちょんと掴み、綺麗に礼をするアンナさんの姿。その姿を見ても、やはり不安は消えてくれない。

……でも、今は。聖女が再びこの国に生まれた事に感謝を。

モヤモヤとしたものは残るが、私は無理やり微笑みを浮かべ、他の人たちと同じように拍手を送った。そして、再度精霊王へと視線を向ける。

すると、精霊王はテオドール様の元へと進み小声で何か話をしている。精霊王は先程アンナさんに向けていた視線よりも更に柔らかく、どこか懐かしむような瞳をテオドール様に向けた。対するテオドール様も、精霊王に臆する様子もなく会話しているようだ。2人で並ぶと何故か似たものを感じるのは、テオドール様が強力な魔力の持ち主だからだろうか。

それともテオドール様の美しさもまた、精霊王のような浮世離れしたものだからなのか。

「似ているな」

「え？」

「精霊王とテオドールだ。何が……とは言えないが、空気感がよく似ている気がする。……こんなことを言っては精霊王に不敬かもしれないがまるで兄弟、いや親子のようにも見えるな」

「ええ、私もそう感じておりました。こうして見ると、テオドール様はどこか精霊に近しくも見えますね」

「あぁ。能力も規格外だからな」

冗談めかして笑う殿下に、私もクスっと笑みを溢す。

その時、精霊王が観客席へと視線を向けた。その瞬間、私の心臓がドクン、と高鳴る。

精霊王はあんなにも遠くにいるのに、まるで眼前にいる感覚に、何が起きているのか分からず困惑に辺りを見回す。

『其方とは、また会うこともあるかもしれぬな』

「え？」

頭の中で響いた声は……一体何!?

精霊王を凝視すると、やはり先程と変わらずテオドール様の隣で私に視線を向けていただけ。でも、今の声は、確かに精霊王のものだった……。

「あの、今……」

「どうした？」

さっきの声は殿下にも聞こえたのだろうか。そう問いかけようとするが、不思議そうに首を傾げる殿下の様子だけで、殿下には聞こえていなかったと判断できる。

――今の精霊王の言葉は、私にだけ聞かせていた？　何故？

精霊王が何を伝えたかったのかが理解できないまま、精霊王を遠くから捉えていると、精霊王は体を翻し、中央まで歩み寄る。

『では、我は元の森へと戻る。――この国の未来に幸あれ』

その言葉と共に、会場中に光輝く花びらが舞い散った。幻想的で、この世のものとは思えない美しさにしばし我を忘れる。

皆、うっとりとその光景に浸っている。キラキラと光る花々は、淡い光と共にゆっくりと消える。手を伸ばし、その光に触れようとして、はっとする。

躊躇したのは、何故か触れてはいけない、汚れなき物に感じたから。

――やはり、精霊王は特別だ。

《幸あれ》と精霊王が言葉にしただけで、この国の未来は輝かしいものになる。誰もがそれを信じて疑わない説得力がある。

精霊王はその言葉を残し、魔法陣の上へと立つと再び強い光と共に消えた。残ったのは、先程の精霊王が残した言葉への疑問だけ。

――どういう意味だったのかしら。

ぼうっと自分の耳元を触れながら、考え込む。また会うかもしれない？　でも、精霊王は召喚の儀でしか現れないのでは……。

私がグルグルと考え込み、周囲はどこか浮かれ騒めきが消えないまま、儀式が終了したことを知らせる鐘が鳴った。それと同時に、貴賓席に座っていた神官や魔術師達が足早に席を立つ。

それはそうだろう。何しろ、聖女だ。国を挙げての祝事になるだろうし、教会は聖女を迎えるため、これからさぞ慌しくなることだろう。

殿下がスッと立ち上がる気配に、私は視線を上げた。

「ラシェル、テオドールと話をする。一緒に行くか？　聞きたいこともあるのだろう？」

「はい、ご一緒します」

既に退席していたテオドール様を追うため、殿下とシリルと共にアリーナを後にした。

「テオドール」

「あれ、ルイ。何か用事？」

「用事、じゃない。さっきの事で聞きたいことがある」

テオドール様は、控え室でソファーに座り、ゆったりとお茶を飲んでいる所だった。

私たちの訪問は予想外だった、と取れるテオドール様の言葉だが、その表情からはようやく来たかと待ちわびていたように見える。現に、４人分のカップを用意しているのだから。

「紅茶が冷めないうちに飲んだら？　俺が淹れるなんて珍しいよ」

「テオドール様は紅茶を淹れることができるのですね」

「シリルほど美味くは淹れられないけどな。前に言わなかったっけ。魔術師は一通り自分の事は何でもできるって」

マルセル領で過ごした2ヶ月の間、そんな話をした覚えがある。魔術師は任務のために国内外を一人で行動することもある、と。でもまさか紅茶まで淹れられるとは。

カップを口元に運ぶと、紅茶の華やかな香りがふわっと広がる。舌触りも良く深い味わいが口中に広がる。

「……美味しい」

「ははっ、口に合った様で良かった」

テオドール様が口元を緩め、ふっと息を漏らす。長い足を組み、カップを手にする姿はやはり様になる。同時に先程の精霊王の雰囲気を思い起こさせた。

カップをテーブルへと戻した殿下が「ところで」と前置きする。

「状況を確認したい。まず、テオドール。アンナ・キャロル嬢の儀式の際に、召喚の呪文を唱えたな。再度呪文を唱えたのはどういう訳だ」

「あぁ、それか。凄い風と光があっただろ。あれで精霊王の影を感じた。だが出てくるか悩んでいたっぽいから、出ておいでって感じで追加したんだ」

「出ておいでって……精霊王相手に」

あまりに想定外で思わずポカンとする。殿下も思っていた以上の回答だった様だ。額に手を当ててため息を吐いた。

でも、今の言葉で精霊王が加護を与えるかどうかは微妙な所だった、と考えられる。そこはアンナさんの性格が変わったことと関係するのかもしれない。

「ちなみに、アンナ嬢と精霊王の会話は聞いていたか」

「あれは聞こえていない」

「聞こえていない？」

「俺と話していた時もそうだけど、遮音の魔術でも使っていたんじゃないかな。結構近距離にいたけど、全く声は漏れていなかったから」

ではテオドール様もアンナさんと精霊王のやり取りは知らない、ということか。

つまり、どういった経緯で精霊王がアンナさんに加護を与えたかは、アンナさんだけが知っている。そういうことか。

「ただ、キャロル嬢が精霊王に必死に懇願していたことは、声が聞こえていなくても十分わかった。十中八九、加護を与えて欲しいと頼んだとみて間違いないだろうな」

「必死に懇願、か。何が目的なのか——計りかねるな」

「あぁ、少し気にかかる。彼女は精霊王が現れた時に、驚愕や困惑ではなく、成功したという表情をした。まるで精霊王が加護を与えることを初めから期待していたかのように」

顎に手を当て、目を細めたテオドール様は、殿下に「よく観察する必要があるだろうな」と告げた。殿下もまた同意見だったのか、それに頷き返す。

ピリッと重い空気が流れかけた瞬間、テオドール様はカップに入った残りの紅茶をぐっと飲み干し、ふっと口角を上げる。それだけで、空気が軽くなる。

「あぁ、もういい？　これから団長の所に行かないといけないんだけど」

「もう大丈夫だ。時間を取らせて悪かったな」

「いや。……これから忙しくなりそうだ。ルイも十分気を付けろよ」

「もちろん」

気を付けろ？　テオドール様の言葉に不安を覚えて、ふと殿下に視線を向ける。殿下は私の視線に気付くと、優しく微笑む。

「大丈夫だよ」

「何かあれば私にもお知らせ下さい」

「あぁ、必ず。ラシェルも困ったことがあれば私に伝えてほしい」

殿下は私の方へと向き直すと、私の両肩に手を置き、真剣な表情で見つめた。

そうよね。私が秘密にされるのを嫌うように、殿下だってそうだ。私の勝手な行動や考えで殿下を困らせる訳にはいかない。

《負担を軽くできれば良い》、以前殿下が私に言ってくれた言葉だ。殿下の想いを無駄にしないためにも、もちろん自立するところはする。だけど、相談することは悪いことでは無いのだろう。

きっと殿下は私のどんな言葉も聞き入れてくれると思うから。

思いを新たにしていると、テオドール様の深いため息にハッとする。

「そういうのはさ、俺が出てってからにしてほしいんだけど。なぁ、シリル」

「えぇ、全くです」

テオドール様とシリルの呆れたような視線に、顔に熱が集まる。殿下はそんな2人を見遣って、ニヤリと笑うと「だったらお前たちも婚約者を作れば良い」と告げた。

テオドール様もシリルも嫌そうに顔を歪め、揃って大きなため息を吐いた。

国中に聖女が誕生したことが広まると、一気にお祭り騒ぎになった。市井ではアンナさんが描かれた絵が飛ぶように売れ、民たちはお披露目を今か今かと待ちわびている。

我が家でも父の帰宅が連日深夜になる程、城での業務も忙しいようだ。

殿下も学園には来ているようだが、前みたいに屋外庭園で一緒に息抜きをする時間もなくなった。その分、手紙の頻繁なやり取りが今の私にとって、一番の楽しみだ。

皆が忙しくしているからこそ、私自身は学問に励んだり、精霊に関しての調べ物を積極的に行っている。というのも、前に家庭教師のブリュエット先生から聞いた聖女の話を思い出したからだ。

ブリュエット先生は《聖女というのは象徴とされています。なぜなら、人間とは欲深いもの。力を広く広め過ぎると、その力に依存してしまう。そのため、聖女の力は王族以外には秘匿されます》と言っていた。

聖女の力とは何か――やはり、そこが気にかかる。

いくら私が王太子殿下の婚約者だからといって、正式に婚姻していない私に秘密を明かすことは叶わないだろう。

だからこそ、聖女と精霊について自力で調べてみようと考えた。その事が、ひいては闇の精霊にも繋がるかもしれない。

ただじっとしているのではなく、今自分にできることを探し、それを必死に行う。それだけが今、私にできることなのだと思う。

今何処でも話題が上がるアンナさんはというと、大教会に住まいを移しているそうだ。今後は聖女としての学びを最優先するらしい。

学園を休学する前に、アンナさん自ら手続きが必要だったらしく、久しぶりに学園で見かけた。アンナさんは私に気付くと、あからさまに顔を強張らせ、何かを悩むかのように口籠った。

「教会はどうかしら。環境が変わって辛い思いはしていない？」

「はい。皆さん良くしてくれているので……」

「そう、それなら良かった」

私の言葉に、ずっと浮かない顔で俯いていたアンナさんがハッと顔を上げる。

ボソッと「どこが悪役令嬢なのよ……」と呟く声に、聞き取れずに聞き返すと、「何でもないです」と首を左右に振った。

「え？」

「ラシェルさん、次会う時はもう……」

「あ……。いえ、また会えるのを楽しみにしていますね」

……どうしたのだろう。何かを言おうとして止めたように見えたけど。

だが辛そうな顔は一瞬で、すぐにいつものような微笑みに戻ったアンナさんは「では、また」とだけ言い残し、颯爽と私とは反対の道へと進んでいった。

どこか様子がおかしかった？　いつもニコニコしているから、アンナさんの暗い顔は初めて。

教会で何かあったのか。それとも私が関係していることなのか。……私に会うのが気まずいとか？

もしかすると、アンナさんの中でも何か葛藤のようなものがあるのかもしれない。

……殿下に相談してみようかしら。時を遡ったことは流石に言えないけど、アンナさんの様子は、何かあるとしか考えられない気がする。

アンナさんの後ろ姿をしばし眺めた後、私は教室へと戻るため、踵を返した。

学園内もまた、聖女の話題で持ちきりだ。毎日、朝から放課後まで聖女の話題がでないことはない。

「まさかあのキャロルさんが聖女とはね。聖女って性格は適性項目に入らないのかしらね」

アボットさんは食堂内を見渡すと、「また聖女様の話題ばかりね」とトゲを感じさせながら、深いため息を吐いた。

アボットさんは、カフェに行った時から彼女の事を良く思っていない。今回、聖女になったことも納得がいかない、とムスッとした表情で話していた。

「聖女の批判に聞こえることは控えないと。ここには聖女信仰の強い方々も多いのだから、トラブルが起きた時に貴方が損をするわ」

私が宥めるように伝えた言葉に、アボットさんは渋々と言った様子で頷く。

「でもやっぱり……聖女よ。この国の者なら、小さい時から絵本で読み聞かせられているじゃない。とても崇高で謙虚で、慈愛に満ちた聖女像が私にはあったのよ。……それが」

苛立ちながらも、アボットさんは綺麗にナイフとフォークで肉を切り分け口に運ぶ。

確かに、分からなくもない。お伽話の聖女は、幼い頃から夢描く憧れだ。アボットさんにとっても、その想いを誰よりも大切にしていたのだろう。かといって、アンナさんをもっと知れば誤解が解けるはず。何てことも私にはとても言えない。

前回の聖女であればそうだったのかもしれない。誰もが思い描く、理想の聖女。それが本物であれ、努力の上に作り上げた物であれ、彼女はまさに聖女だった。

だとしても、今まさに聖女として生まれたばかりのアンナさんにすぐに落第点を付けるのも違うと思う。何しろ精霊王が認めたのだから。

アンナさんが何を考えているかは分からないが、彼女をもっと知らなければ、彼女の目的も分からない。

「殿下に相談してみようと思っているの」

「何を？」

「アンナさんのこと。彼女の言葉は私には分からないことが多いし、彼女が何をしようとしているかも分からない。……だからこそ、一人で考えないで、伝えてみようと思って」

アボットさんは眉を下げて優し気な表情を見せる。

「ええ、賛成よ。もっと早く言えば良いとも思ったけど貴方なりの考えがあって、今を迎えた訳だものね。王太子殿下も、貴方が一人で悩むよりよっぽど安心だと思うわ」

「もちろん、私の頼もしい友達にも相談を続けたい所ではあるのだけど……」

アボットさんへ窺うように視線を向けると、はにかんだように少し頬を赤らめながら笑った。

「当たり前よ！　私だって貴方の心配をしているもの」

その言葉にほんわかと胸が温かくなる。アボットさんと一緒にいる時の優しい時間が好き。友人と過ごす、この時間の大切さ。これを教えてくれたのは全部アボットさんだわ。

この後、またアボットさんと他愛も無い話をして一日はあっという間に過ぎていった。

# 6章　陛下の命令

学園から帰ると、屋敷内はピリッとした空気に包まれていた。広間を進むと、使用人に指示を出していた父が、私へと視線を向ける。

「あぁ、ラシェル。おかえり」

「お父様！　まぁ、こんなにも隈を作って」

「色々立て込んでいてね。――それよりすまない。急ぎ王宮へと行く準備をして欲しい。サラには伝えてあるから、ドレスも準備してあると思うよ」

父の言葉に目を丸くする。王宮？　こんな急にどうしたのだろう。

もしかして、殿下？　頭を過ぎった考えに、父はお見通しかのように眉を下げた。

「すまないね。殿下ではないんだ」

「え？」

「ラシェルを呼ぶように言ったのは、陛下だ」

――陛下？

想像もしていなかった人物に、体が固まる。殿下と婚約を結んでから2年。陛下からの呼び出しなど初めてのことだ。

陛下といえば、その場に立つだけで他を屈服させるかのような絶対的な威圧感。しかも、かなりの切れ者だと有名だ。

陛下が即位したのは今から20年以上前、陛下自身が20歳の頃だと聞く。王宮内で根強く行われていた汚職等の悪事を片っ端から綺麗にしていった。

今の実力主義がここまで定着したことも、陛下が行った改革の一部だ。

平民であっても、騎士団や魔術師団では出世する術があること。重い税を課し、領民に非道な仕打ちを行なっていた貴族が裁かれたこと。これらから、民からの支持は厚い。

隣国との関係もそうだ。元々隣国とデュトワ国は同じ国だったが、何百年も前に国が二分した。その後は国交さえ結んでいなかったのだが、同盟と共に、隣国の元王女である王妃様との縁組が関係を良好にさせたといえる。

ただ王妃様は、王宮舞踏会や年に一度の王妃様主催のお茶会だけの最小限しか表舞台に出て来ないため、未だ不仲を囁く声は消えない。

私自身、王妃教育として王宮への訪問は少なくないが、王妃様と会う機会は少ない。ただ、とても綺麗で穏やかな雰囲気は殿下とよく似ている。

ぼんやりと考え込むと、父から早急に準備をと急かされる。いつにも増して気合の入ったサラによって、あっという間に陛下の前であっても失礼のない装いになった。

「ラシェル、急なことで、さぞ驚いたことだろう」

「いいえ、お父様も知らなかったことなのでしょう。……どのような話かはご存知なのですか」

父と2人、ゴトゴトと馬車の音だけが響く中、先に口を開いたのは父だった。

「いや、それはまだ聞いていない」

その表情にピンときた。一瞬逸らした視線。あえて優しく微笑む顔。家族でなければ分からない僅かな動揺が見て取れた。

「分かりました。聞いてはいないけど、大体は察している。ということですね」

私の深いため息のあとに告げた言葉に、父は明らかに狼狽えたように視線を彷徨わせた。そして私を慰めるように、静かな声で私の名を呼んだ。

「ラシェル」

この父の反応。……つまりは、この呼び出しは私にとって良くないことなのだろう。

このタイミングでの呼び出しだ。嫌な予感がする。予感ですめばいいのだけど——。

馬車が王宮へと入っていく中で、私の不安はどんどん大きく増すばかりであった。

王宮に到着すると、謁見の間に案内された。緊張が襲う中でも、背筋を伸ばし微笑みを顔にのせることは忘れない。

準備が整ったことを確認した騎士2人が両扉をゆっくりと開け、父と共に部屋の中へと歩みを進めた。視線の先には、国で一番煌びやかな椅子に腰掛ける人物。玉座に座る陛下の姿。側に控えた宰相と会話をしていたようだが、私たちの入室に視線をこちらに向けた。

その場で深々と頭を下げると、「頭を上げよ」とバリトンの声が部屋に響き渡る。

ゆっくりと顔を上げると、視線の先には長い脚を組み、殿下と同じ蒼い瞳でこちらを見る陛下の姿。同じ色だというのに、輝きや力の入り方が違うのか、全く別のように感じる。

何よりも見る者全てを凍り付かせるかのような、氷のような視線。対峙した相手に、恐怖感を与え、逆らってはいけないと本能が思わせる。

「さて、マルセル侯爵、ご令嬢。わざわざすまないな」

「いえ……」

「あまり時間もない。用件だけを言おう」

目元を鋭くした陛下に、空気がピリッと変化し、思わず身構える。

……やっぱり、嫌な予感がする。何を。何を言うのだろうか。

背中に流れる冷や汗を意識しないようにしながら、黙って陛下の言葉だけを待つ。

たっぷりの沈黙の後、重苦しい空気など気にも留めぬよう、陛下が口を開いた。

「今回の王太子との婚約であるが——解消とする」

ピシリ、と時間が止まった。頭を鈍器で殴られたような衝撃に、極限まで目を見開く。

え？　今、陛下は……何と。

婚約……婚約？　解消、というのは私と殿下の？

——何故、何故。

告げられた言葉に混乱する私を他所に、陛下は更に言葉を続ける。

「マルセル侯爵令嬢には、責任を持って王家が次の婚約先を見つけよう。此方から婚約の申し込みをした上での解消であるのだから、勿論悪いようにはしない」

婚約先？　殿下ではない、他の誰かの？

どうして……。何故そのような……。

だって、今回は違うじゃない。今回は、私……何も。前みたいなことは何一つしていない。

それなのに、何故……。何故、婚約の解消、などと。

表情が強張り、黙ったままの私を庇うかのように父が一歩前へと出た。

「何故でしょうか。我が娘は何か解消されなければいけないような事をしましたか」

「いや、其方の娘は何も問題ない」

「では王太子殿下が希望された、ということですか」

王太子殿下、その言葉にハッとする。

まさか、そんなはずがない。つい最近頂いた手紙にも、私の体調や周囲を心配する言葉と共に、思わず顔を染めてしまうような甘い言葉が書かれていたというのに。

「そうではない。今回のことは、全て私の独断による決定だ」

独断による決定——私や殿下の気持ちや意向は考慮する価値もない。既に決定した命令、ということ。

陛下の命令に逆らうことはできない。でもここで頷いたら、私はもう殿下の婚約者ではいられない。そんなのってない。殿下の婚約者で居られなくなるなんて……。

嫌、嫌、嫌。

それだけが私の身体中を駆け巡る。

前回、婚約破棄を告げられた時は、ただ王太子殿下の婚約者という位置から降ろされたことだけが悔しかった。惨めだった。

だが今は違う。今は、ただ殿下と。殿下と離れたくない……。

——殿下、殿下はどう思っているのだろう。

脳裏に優しく穏やかに微笑む殿下の顔が思い浮かぶ。あの蒼い瞳が真っ直ぐに向けられ、甘く私の名を呼ぶ殿下。

「……王太子殿下と話すことは可能でしょうか」

「殿下はこの解消に同意をされたのですか」

震える唇を必死に動かし、何とか陛下に訴える。頭も口もろくに働きはしないけど、それでも今足掻かなければ、取り返しがつかなくなる。その一心が私を突き動かす。

私の気持ちを察するかのように、更に父が陛下に問いかけた。

「王太子にはこれからだ。だがそんなことは些末なこと」

「そんな……」

陛下の眉間に皺が入り、言葉からは苛立ちと棘が含んだように聞こえる。

これから……。殿下は、まだ知らない？

いえ、もしかしたら一度話を蹴ったのかもしれない。だからこそ、陛下は私に承諾するように命じているのではないだろうか。

僅かに目元に力が入るのを感じる。殿下が、もし殿下が納得していないなら。婚約を継続することも可能ではないだろうか。

私の思いなど浅はかだと言わんばかりに、陛下は一度目を閉じて、再度私へと視線を向けた。

その視線は、先程の氷のようだと感じたものよりも更に力強い。まるで氷の壁の中に閉じ込められたようで、全身に痛みを伴う。

陛下の威圧感に私は言葉を失った。父さえも、唇を噛みしめ何も言えないようだ。

「もう一度言おう。いいな、これは決定だ」

話は終わりだ、とばかりに陛下は席を立つとその長い脚を動かし、私の脇をすり抜けていく。

呆然とするままに、私の口からポツリと言葉が漏れる。

「聖女様、でしょうか。彼女が……何かを希望されたのでは」

殿下は解消を希望するはずがない。だとしたら……。

あの少女の顔がパッと思い浮かぶ。

陛下は私の横で足を止めた。近距離からの凍てつく視線に、ビクッと肩が上がる。

「書類は宰相に頼んである。サインをしたら侯爵と共に帰宅して良い」

陛下はそれだけを告げ、直ぐにまた扉へと歩みを進めた。無情にも背後から、バタンと扉が閉まる音を、私はただ聞くことしかできなかった。

「殿下！」
王太子執務室で仕事をしていると、常になく慌てた様子のシリルが、入室するなり足早にや

って来た。額に若干の汗を滲ませている所から、随分と急いで来たようだ。

「あぁ、シリルか。どうしたんだ、そんなに慌てて」

手に取っていた書類を机へと置き、シリルを見遣る。シリルは顔を苦痛に歪ませながら言いにくそうに口を開いた。

「先程、マルセル侯爵とラシェル嬢が、陛下と謁見なさったと」

「ラシェルと侯爵……まさか！」

ラシェルと侯爵、そして陛下。すぐに答えは出てきた。

先日陛下はラシェルとの婚約を解消するように、という到底聞き入れられない話を持ってきた。勿論、即刻否を伝えたが。

しかも新たな婚約者として聖女を据えよ、という話だ。――ラシェルとの婚約を解消して、新たにあの女と？　考える余地もない。

むしろ危険視していたのにもかかわらず、精霊王からの加護を受ける前に早々にどうにかしなかった自分を呪いたい。

情報網を駆使して調べたことによると、この婚約については、どうやら聖女が陛下へと打診したようだ。自分を王太子の婚約者にしなければ、隣国へ行くと告げたらしい。

元々、この国と隣国は一つの国であった。つまり聖女信仰はこの国と同様。しかも隣国において聖女は、国が二分した原因である５００年前以降は現れていないが、隣国の王族もまた聖女の力の秘密は語り継いでいるだろう。

秘密裏に、隣国の者がキャロル嬢に接近したと考えるのが正しいだろうな。

聖女は、力はもとより存在だけで民へ与える影響が大きい。王家に取り込むことができれば、聖女への信仰心が王家へと良い影響を与えることは間違いない。

何かあった時に切るカードは幾ら持っていても良い、と考える陛下が、そう易々と聖女を他国に渡すはずがない。だとしても、私との婚約を条件にするなど。

光の精霊王の加護がなければ……。そう思わずにはいられない。

「くっ……」

悔しさに思わず唇を噛む。余りに強く噛み過ぎたのか、僅かに血の味が口の中に広がる。

「シリル、今から陛下の所へ行く」

「はい。陛下は執務室です。既に殿下が訪問する旨を伝えております」

「……流石だな」

すぐに席を立ち扉へと向かうと、すかさずシリルが扉を開ける。そのまま立ち止まる事なく、真っ直ぐ国王執務室へと向かった。

……まさかラシェルを呼び出すとは。何を言ったかは想像つくが、いくら王といえども勝手が過ぎる。

足早に廊下を通っていくと、脇に立つ使用人達の顔色が悪い事から、今の私は悪魔の如き形相をしているのだろう。だが、今は取り繕う余裕などない。

国王執務室に着くと、「訪問の旨、伺っております」と中へと通される。

この部屋は王太子執務室と違い、更に奥に執務室、仮眠室と分かれて扉が幾つかある。そんな幾つもある扉の中でも、陛下がいるであろう執務室の扉を射抜かんばかりに睨みあげる。

「殿下、陛下とお会いするのにそのお顔は」

堪らずといった様子で、ソファーに腰掛けた私の後ろからシリルが小声で注意した。

「それは無理だ。今から敵に会うというのに、朗らかに笑えと言うのか」

眉間に力が入り、口から出た言葉は、あまりに低く冷たいものであった。

「その敵というのは、其方の父のことではなかろうな」

ガチャリと音を立てて開かれた扉から聞こえた声に、内心舌打ちをしつつ形ばかりの礼をする。陛下は、ゆっくりと歩み寄ると、私の向かいに腰を落とした。

――なにが父、だ。

生まれてこの方、父としての役割など一つも果たしていない癖に。

「どうやら耳に入ってしまったようだな。おおよそ、婚約の件であろう」

「何も伺っておりませんでしたが、陛下は私の婚約者を呼び出したそうですね。確か、以前私は聖女とは婚約しない、と申し上げたはずですが」

婚約。陛下が口にしたその言葉に、頭がカッと熱くなる。

「もうお前も18なのだから、子供のような我儘はよせ。国のため、どうする事が最善か分からぬ其方では無いだろう」

国のため？　聖女との結婚が国のため、だと。

確かに隣国に聖女を奪われることは、この国にとって避けたいことだ。なんといっても、聖女の力は光の精霊王から授かっただけあって有益なものだ。

だが、あのアンナ・キャロルはそれ以前の問題がある。

「未だ、聖女は力を使えぬそうではありませんか」

「だからどうしたのだ。聖女の力とは王家のみが知り得ること。元々、聖女の力は象徴だと誰もが思っておる。この国の聖女信仰を知っているであろう」

「……だとしても」

「良いか。民は聖女が国母となることを望む。勿論、私もだ。今は力を使えずとも、いつか覚醒する可能性がある限り、手放すなど選択肢にない」

あの女に国母など到底務まるはずがない。アンナ・キャロルの今までの行動を見てもそれは明らかだ。

「それでも受け入れることはできない。そう申したらどうします？」

「お前の弟が王太子となるまで」

あっさりと告げる陛下に、苛立ちが増す。目の前の父親は、自分の息子さえも駒の一つとしか見ていない。――昔からそうだ。

『3人いる息子のうち、出来が良いものが跡を継ぐ。王太子といえど、その席は他の者に奪われる可能性を忘れるな』

そう言われたのは、12歳の頃であろうか。あの日までは、父を何処かで求めていた。だが、あの瞬間に悟ったのだ。目の前にいるのは、父親ではない。この国の王なのだ、と。

思い出した過去さえ、忌々しい記憶だ。話の通じない者を見るかのような、冷めた視線を向け、陛下は大きくため息を吐いた。

「お前の婚約者。いや、違うな。元婚約者は解消に同意した」

「何を！」

陛下は僅かばかり口角を上げるも、自分と同じ色をした瞳は全く笑っていない。むしろ冷え冷えとしており、到底息子を見る瞳とは思えない。

陛下は私の前に一枚の紙を差し出した。

「諦めろ。お前が王太子として生きる限り、結婚もまた国のため。それができずに国王となる器はない」

その後、どうやって自分の執務室に帰ってきたのか分からない。気がつくといつもの椅子に腰掛けていた。目の前には、冷え切った紅茶のカップ。

そして、目の前には愛しい人の名前が書かれた紙。

……ラシェル。どんな想いでこの紙に名を書いたのだろうか。

指でゆっくりとその名をなぞる。

常であれば美しい字が、僅かに揺れている。ラシェルがどんな想いでこのサインをしたのかが手にとるように分かる。

守ると。ラシェルを守ると約束したのに。なんと不甲斐ない結果だ。

――ガンッ！

苛立ちを発散させるべく壁を拳で力一杯に叩くと、鈍い音が部屋に響く。慌てたシリルが「失礼します」と声を掛けて入室した。だが今はそれに視線を向けることさえできない。

目の奥がチカチカと燃えるようだ。怒りは通り越した。今は落ち着き払ってさえいる。

「陛下の仰っていたことは、間違いではないかと」

しばし静観していたシリルが、ポツリと呟く。

「だろうな」

「それでも受け入れられない、と?」

「あぁ」

そんなことは分かっている。聖女を王家が取り込むメリット。その第一が政略結婚であることなど。以前の私であれば、選択の一つとして浮かんでいてもおかしくない。

だが、今は違う。ラシェルによって、損得でしか物事を見られなかった自分は消えたのだから。

「王太子で居られなくなっても宜しいのですか。幼い頃から、あんなにも国のために身を粉にして来たではないですか!」

王太子でなくなる? シリルの言葉に、思わず「ふっ」と鼻から笑いが漏れる。シリルは、はっと目を見開いた。

「だれが諦める、と?」

国が第一。そんな事は、王族として生まれた以上当たり前だ。

もちろん私自身の目的でもある。国の中で光が当たらない場所をなくす。誰もが目を背ける地区など必要ない。全ての国民が私の守るべき民であるのだから。

だが同時に、その眩い光を携えた未来に自分も入れたのだ。ラシェルが隣に立ち、築き上げる未来を。

先程は、ラシェルの名が書かれた書類に動揺してしまった。ラシェルと離れる未来を考えて、目の前が真っ暗になるような絶望感さえ抱いた。

だがそうではない。

「私は欲しいものは全て手に入れる。ラシェルとの結婚も王太子の座も——この国の未来も」

僅かに下を向いたシリルは、若干声を詰まらせながら「そうでした。……私の主は欲張りな方でしたね」と先程とは打って変わり、喜びを滲ませた。

「ラシェルに手紙を書く。陛下に気付かれぬように侯爵邸に届けろ」

「はっ！」

引き出しから便箋を取り出す。何よりもまず、ラシェルに連絡しなければならない。

可能性としては低いが、婚約解消の書類に書かれた一文。《新たな婚約者》、こんなものを作られたら自分がどんな行動を取るか想像すらできない。

相手を想像しただけで、ペンをへし折りそうになる。僅かに力が入っていたのか、持っていたペンがピシリと悲鳴をあげる。

そしてもう一つの問題、だ。

「それと、聖女に会いに行く。これは、そうだな。陛下にもそれとなく知らせておけ」

陛下との謁見後、私は自己嫌悪に苛まれることになった。食事も取らぬまま部屋に篭った私に、皆何も言わず、そっとしてくれている。涙が頬をつたって、シーツを濡らした。

――何故、サインをしてしまったのか……。

勿論、あの場ではサインする他なかった。宰相からの無言の圧力。最後には父も何も言うことなく、首を横に振った。

……もう無理なのかもしれない。殿下の婚約者ではいられないのかもしれない。

受け入れたくない自分。そして、受け入れざるを得ないと理解している自分。

相手は聖女と陛下。聖女に対抗する程の力など、今の私は到底持ち得ていないのだから。

『ニャー』

「クロ……えぇ、大丈夫、大丈夫よ」

側にずっと付いていてくれていたクロがベッドに飛び乗り、心配そうに私の顔を覗いた。

大丈夫、大丈夫。呪文のように唱えても、一向に胸の痛みは治らない。それどころか、未だ殿下のことを考えて、また涙が溢れてしまうのだから。

「どうしたらいいのかしら、ね」

『ニャ』

「だって、好きなの。……殿下のことが」

好き。その想いで、またポロポロと涙が溢れ出て、手で拭っても更にまた溢れてくる。

一本筋で行かない捻くれた所も。あの温かくて大きな手も。見つめると、頬を少し赤らめて目を細めながら「どうした？」と優しく聞いてくれる声も。意外とコロコロと変わる瞳の輝きも。

……知らぬ間に、こんなにも好きになってしまった。

だからこそ、こんなにも苦しい。胸が締め付けられるように、身体中が悲鳴を上げる。もう殿下の隣に立つ未来は途絶えてしまった。そう考えるだけで、絶望感に襲われる。

いっそ好きにならなければ良かったのだろうか。そうすれば、こんな想いをせずにすんだのだろうか。

……でも、そんなこと出来るのか。殿下と過ごした日々をなかったことになんて、本当にしたい？

そう自問自答するが、答えは《いいえ》しか出てこない。

だとしたら、何がいけなかったのだろう。

やはり、私の過去に行った過ちのせいだろうか。それとも、聖女に対しての償いが足りなかったのだろうか。

明かりも点けない部屋では、カーテンを開けたままの月明かりだけが僅かな光を運ぶ。その漆黒に浮かぶ月の輝きさえも、殿下の髪色を思い出させ、私の中に殿下がどこまでも存在する事を思い出させる。

「なかったことになんて……できるはずないのに」

それでも、終わらせてしまった。

虚しさだけが、ポッカリと私の心に穴を開けた。

その時。コンコン、と控えめにドアをノックする音が聞こえた。右手の甲で両眼を軽く拭うと、小さく深呼吸をし「はい」と答える。「失礼します」の言葉と一緒に入ってきたサラは、私の様子を一目見て、傷ついたように顔を歪める。

……やはり、酷い顔をしているのね。

「あの、お嬢様。旦那様よりこの手紙をお嬢様にお渡しするようにと」

「手紙？」

「はい。あの……」

サラは口を開くが、何も言わず口籠った。おおよそ、私の姿に慰めの言葉を言うかどうかを考えているのだろう。

「サラ、私は大丈夫よ。何かあればベルで呼ぶわ。……そうね、もうしばらくしたら軽食だけお願いできる？」

「は、はい！」

平静を装いながら、意識して微笑みを顔に乗せる。きっと上手くは笑えていないだろうし、サラには私の心の中など伝わっているだろう。その上であえて何も言わない。そんな優しさをサラから感じた。

父や母だってそう。きっと2人も心を痛めているだろう。それでも、あえて放っておいてくれる。その気持ちだけが、何より私を救ってくれる。

サラが部屋を退室し、残ったのはこの差出人のない真っ白な上質な紙でできた手紙だけ。その手紙を持ち、ベッドからよろよろと起き上がると、机へと向かう。

魔石で出来たデスクライトをつけ、ペーパーナイフを手に取り封を開ける。中に入っていた便箋を開くと、私は驚きに目を極限まで見開いた。

「殿下……殿下の字だわ」

収めたはずの涙がまた込み上げて、一雫便箋へと落ちる。すると、殿下によって書かれた字が一文字、黒い染みとなって広がった。

焦る気持ちを落ち着かせようとするが、上手くいかない。3枚に渡ってギッシリと書かれた文字を順に追っていく。初めは挨拶から始まり、陛下が私を呼び出したこと、このような状態になってしまったことへの謝罪。

そして、『必ず自分の手でどうにかするから待っていて欲しい』という力強い言葉であった。

今回のことは殿下にだって、どうする事もできなかっただろう。何といっても陛下が関わっている。この国において、誰も否を唱える術などないのだ。

それでも、殿下はどうにかしようとしてくれたはずだ。彼の出来得る範囲で。

だというのに、自分はどうだ。いつだって殿下に守られてばかり。

今回だって、聖女に対抗する力を持ち得ていない自分に問題があるのだ。私より、聖女の方が王太子妃に相応しい。……陛下はそう判断した。

私に持っている力など、今となっては家柄だけ。そして、闇の精霊と契約したこと。

足元で今度はボールを追うことに夢中になっているクロを見遣る。前足でチョンチョンとボールを触っている。その姿に、固まっていた表情が少し和らぎ、自然と口角が上がるのを感じる。

——闇の精霊か。謎さえ分かっていない。

何故、私がクロと契約できたのかも分からない。ただ、クロと契約したことや家柄もまた私の力とはいえない。幸運にも与えられ、私が自ら手にした結果ではない。

殿下からの手紙を封筒へと大切に仕舞うと、それを一番上の引き出しに入れた。そして、先程サラが手紙と共に置いていってくれたワゴンへと向かう。そこに置かれた洗面器の水で顔を洗い、タオルで拭う。

すると、先程までの陰鬱とした気持ちは僅かばかり何処かへ行ったかのように、清々しさが生まれる。

——いつまでも殿下に任せきりではいけない。

婚約がどうなるかは分からない。今のままでは殿下がどう動こうと、本当にこのまま解消になる可能性は高いだろう。

それでも、あの殿下が陛下の言葉を聞き入れまいとしているのだ。きっと何かの策があるのか、既に動き出しているのか。何かしらの考えがあるのだろう。

だとしたら、私はどうする？　ただ悲しむだけの人間に何ができるというのだろうか。

殿下の隣に立つという未来。待つだけの者に与えられる席ではない。何しろその席は、今は私が座るべき物ではなくなってしまったのだから。

これは私の弱さだ。15歳で再度目を覚ましてから、諦め、全てをただ受け入れ、抗うことをしなかった自分の弱さ。

変わろう、そう思って今まで行動してきた。それによって以前とは全く違う今がある。

それでもまだ駄目なんだ。最後の最後。奥深くに閉じ込めた恐怖。それに向き合ってこその強さなのだと、今は分かる。

殿下はこんなにも自分の手で変えようとしているのに。

彼女に勝つのではない。自分に負けない。どんな結果であろうと、抗う強さ。

そのための力。それと向き合う時が来たのだろう。

決意を新たにしてから、まず私は両親と話し合った。
父は殿下と、陛下には内密に連絡を取り合っているらしい。父が言うには『不敬は承知で、今回の件はマルセル侯爵家の家長として不信感を抱かずにはいられない。王太子殿下がどう願おうと、ラシェルを王家には嫁がせるつもりはない。——そう伝えた』
その言葉に、私は酷く動揺した。父がその気になれば、私の新たな婚約者を早々に見つけてしまうのではないか。そう思ったからだ。
ただ、私の顔を見た父は困ったように笑い『私は陛下とは違うよ。娘の幸せを奪う真似なんてしないさ。父親の気持ちとしてはそう述べたけど、本心は君の幸せを誰よりも願っているからね』

優しく頭を撫でてくれた父、ギュッと抱きしめてくれた母の愛をまた再確認した。

そして私の立てた計画を相談した。だがそれに関しては、父も母も難色を示した。ただ反対は想定していたため、何度も説得していくしかないとは思っている。

『ニャー』

「クロ、どうしたの？」

最近の事を思い返して、殿下へと手紙を書いていると、クロがバルコニーへと出る窓ガラスをタンタン、と足で叩いている。

——外に何かある？

夜更けに、今から来客が来るとは考えにくい。

「どうしたの？」

クロを抱き上げて、カーテンの隙間から顔を覗かせる。視界の先には暗闇だけ。

それでもクロは何かを訴えるかのように身体をバタつかせている。

一体何を伝えているのかしら？　首を傾げながらも、鍵を開けて小さなバルコニーに足を踏み入れる。外に出ると、風が優しく全身を包み、とても気持ちがいい。

「今日は寒くもないし、星も綺麗に見えて素敵ね」

夜空を見上げる。視線の先には漆黒に散らばる沢山の煌めき。

ほぅっと息を吐く。この所、学園でも図書館に籠ることが多かったし、こんなにのんびりとした気持ちは久しぶりかもしれない。

「クロ、ありがとう」

きっとクロは少し休むように伝えたかったのかしらね。そう思っていると、サァーっと強い風が吹く。そして開けっぱなしの窓から吹き込んだ風が机の上に置いてあった便箋を飛ばす。

「あっ」

踵を返し部屋へと戻ろうとしたその時。ふわっと柔らかい温もりに体が包まれた。驚きにビクッと肩が揺れるが、抱き抱えているクロを落とさないように若干力を入れる。

――でも、私はこの腕を知っている。

私の肩に回された腕は、まるで私が逃げないようにと力一杯に抱きしめられた。

頭の上に相手の額がコツン、と当たる感覚。マフラーのように私の顔周りに回された腕に、そっと手を添える。そして確信している相手の名を告げた。

「殿下」

そう呼ぶと、私を抱きしめる腕が一瞬震えて、再度優しく抱き込まれる。

「ラシェル、会いたかった」

殿下の声が聞こえた。それだけで、胸の奥が熱くなる。……本当に、本当に殿下なんだ。

ゆっくりと振り返ると、そこには私と同じように何かを耐えるような少し顔を歪ませながら微笑む殿下の姿。その時、腕の中にいたクロがピョンっと飛び降り、周囲をキョロキョロとして何かを探しているように見回した。

その姿に殿下は「ははっ」と笑い、蹲み込んでクロの頭を撫でた。

「すまないね。テオドールの魔力ではあるが、本人は私の執務室にいるんだ」

殿下をジッと見上げたクロは、その答えにさも興味を失ったとばかりに、サッと視線を外し室内へと帰っていった。

「どうやら悲しませてしまったかな？」

「あの、殿下。一体どういうことですか？」

さっきは殿下に会えた喜びですっかり忘れていた。こんな夜に、急に殿下が我が家の……しかも私の部屋のバルコニーに現れるなんて。普通に考えたら有り得ないことだわ。

「あぁ、驚かせてすまない。どうしても君に会いたくて、テオドールに協力してもらったんだ」

「テオドール様が？」

言われた意味が分からなくて、首を傾げてしまう。

「テオドールに10分だけラシェルのいる場所に飛ばして貰ったんだ」

「まぁ！　テオドール様はそのようなことまで……」

人を目的地まで飛ばす？　そんなこと本当にできるのかしら。

あまりに予想外の回答に、思わず手を口元に当てて目を丸くしてしまう。——本当にテオドール様は不思議な方だわ。

でも、殿下も私に会いたい、と。そう思ってくれたから来てくれたのね。

「あの、殿下。会いに来てくださってありがとうございます」

微笑みながら感謝の言葉を伝えると、殿下は若干頬を赤らめて嬉しそうに目を細めた。

「参ったな。私が君に会いたかっただけなのに……その言葉は私を喜ばせるだけだよ」

殿下は顔を綻ばせて微笑んだ。その笑顔は、いつだって私が思い出す殿下の顔だ。

あぁ、本当に殿下だ。そう実感して、徐々に嬉しさに涙が滲みそうになる。それを押し込めて、ニッコリと微笑む。

「でも、宜しいのですか？　私たちの婚約は……」

「まだ解消されてはいない。私はサインをしていないからね」

——殿下は、まだサインをしていない？　陛下から話は聞いているはずなのに……。

「大丈夫なのですか？　陛下の命令を……」

「陛下は私の事を侮っているからね。無駄な足掻きとでも思っているのだろう。だが、このまま婚約解消なんてさせる訳がない」

やはり、殿下は陛下に抗ってくれているんだ。そんな事をしたらご自分の立場だって悪くするというのに。

「殿下、あの……私」

「どうした？」

顔を上げ、殿下の顔を正面から見つめると、殿下は優しく微笑んでくれた。

「私は、いつまでも殿下を頼りきっている訳にはいきません」

「え？」

「これから魔力を失った原因と向き合おうと思います」

殿下は驚いたように目を見開いた。だがすぐに、眩しそうな物を見るように目を細めた。

「手助けはしてもいい？」

「いいえ。殿下は殿下の、私は私のことを頑張りましょう」

勿論、危険なことは相談する。それに周囲の人に迷惑が掛かるような事を一人でしない。この辺は今後話し合う必要もあるだろう。

でも、いつまでも殿下のお膳立てが必要な状況ではいけない。自分がしたいこと、するべきこと。これに向き合うのは、私しかいないのだから。

それに、私は殿下の後ろに立ちたい訳ではない。彼の隣にいたいのだ。

「そうか。……そうだな。君はどんな状況でもその強い心を持っているんだな」

一瞬言われている意味が分からず、殿下の続く言葉を待つ。

「魔力を失ったと聞いてすぐに面会した時。その時と今、同じ瞳をしている。……魔力を失った状態で『これで良かった』そう言った時と」

「そう、でしたか？」

「あぁ。思い返せば……最初に君に惹かれたのは、その意志の強さが籠もった瞳なのかもしれないな」

どこか懐かしそうに微笑む殿下に、思わず頬に熱が集まる。

そして殿下が何かに気付いたかのように、胸元のポケットから懐中時計を取り出す。時間を確認した後に、殿下は残念そうに一つため息を吐く。

「あぁ、残念だ。もう時間だ」

「そうですか……」

……もう少し。もう少しだけ一緒にいたい。本音を言うと、そうだ。

でも、仕方ない。無理をしてまでも来てくれた。殿下のその想いと、僅かな時間でも殿下と会うことができた。それを喜ばなければ。

「ラシェル、このままだと君も私の執務室に付いてくることになるよ？　まぁ、私は大歓迎だけどね」

何を言われているのかが分からず、不思議そうにする私に、殿下が視線を動かす。その視線を追っていくと、自分の手が殿下の服の裾をギュッと握っていた事に気付く。

「も、申し訳ありません」

恥ずかしさに俯く私に、殿下は「ははっ」と楽しそうに笑う。だが、すぐに眉を下げて寂しそうに微笑んだ。

「本当は連れて行きたいよ、ラシェル」

「殿下……」

ポツリと呟いた言葉は、殿下の本心が漏れたかの様で、この甘い逢瀬の時間が終了を迎えていることを悟る。

……私も寂しいです。そう心の中で言った言葉は、殿下にも伝わっていたらしい。大きな手で私の髪の毛を優しく撫でた。

そして直ぐに、ニッコリと笑みを浮かべる。

「でもそんな事をしたら、本当に侯爵から結婚を止められそうだからね」

片目を瞑り、私の耳元に顔を寄せると、冗談めかした声色で殿下は言った。

「それじゃあ、また」

名残を惜しむよう、殿下は夜空に浮かぶ星に似た沢山の光に囲まれながら、フッと消えた。

「あ……」

話に聞いたとはいえ、突然消えた殿下に驚く。

さっきまで殿下が目の前に居たとは思えない程、辺りは静寂に包まれる。残された私は、もう残っていない殿下の形跡を探すかのように、その場からしばし動くことができなかった。

「おかえり」

「……あぁ、テオドール。わざわざ悪かったな」

俺が掛けた魔術により光を纏いながら現れたルイに、ソファーに寝転んだまま声を掛ける。

ルイはそんな俺を気に留める様子もなく、何かを耐えるかのようにグッと奥歯を噛み締めているようだ。目を瞑ってゆっくりと深呼吸をした後、眉を下げながら寂しそうに微笑んだ。

「こっちこそ悪かったな。ラシェル嬢と会うのに、10分しか時間をあげられなくて」

「いや、お前がいなかったらラシェルと会えなかった。感謝してもしきれないよ」

「……そうか。なら良いけど」

寂しさを滲ませてはいるが、ラシェル嬢の所へ行く前に比べたら大分晴れやかな表情になったな。

俺がしてやれるのはこんな事ぐらいだし。なんといっても、俺が関わったせいで聖女が誕生したといっても過言ではない……気がする。結果的に。

あの聖女も、ルイとラシェル嬢に牙を向けなければ放っておいた。だが、相手はどうやら2人の仲を壊したいらしい。そうなれば、さすがに俺も黙って静観している訳にはいかない。

「ラシェル嬢、どうだった?」

俺の問いかけに、ルイの目の色が変わった。力強い瞳に、意味深な笑み。それだけで、短い逢瀬が有意義だったことが理解できる。

「そうか、ラシェル嬢は大丈夫ってことか。……元気なら良かった」

ルイとラシェル嬢が以前のように仲睦まじい様子をみるためには、やはり聖女をどうにかする必要があるな。そう思い至り、今日の昼間に大教会へ聖女の様子を見に行った時のことを思い出す。

そういや、教会でもう一人会ったな。聖女について探っていた時に挨拶に来た神官……。まだ若そうだったが、真面目そうな感じの奴。そいつがルイと繋がっているようだったな。

「そういや。大教会にスパイを送り込んだって?」

「人聞きの悪い。アロイスの友人の神官にキャロル嬢の周囲を色々教えて貰っているだけだ」

「アロイス……あぁ、あのマルセル領の神官」

マルセル領では一悶着のあった神官であるが、その後は思いの外ルイと密に連絡を取り合っているようだ。それに今回は聖女絡みだ。

教会内に情報網を築くのは正しい事だろう。何しろ大教会は流石神官のエリート集団だけあって、俺でさえ知らない事が多い。

同じ神官、しかもワトー家出身のアロイスだからこそ、協力者を見つける事ができたのだろう。やはり恩を売っておいたルイは正解だったたな。

「それで、テオドール。お前、聖女に会いに行ったんだってな」

「……流石、情報が早いな。今日の今日だってのに」

鋭い目で俺に視線を向けるルイ。その瞳からは《知っていること、気付いたことは全て言え》と言葉にせずとも伝わってくる。

やれやれ、と微かに肩を竦める。

「……あの聖女。精神面で不安定そうな、危険な感じがする」

「危険？」

「ルイさ、敵に回して怖い奴ってどんな奴だと思う？」

「……実力の有る者、無慈悲になれる者、頭の切れる者、とかじゃないか」

それは確かに敵に回すと面倒な奴だな。まぁ、この国のトップに立つであろう、しかもまだ10代のルイが考えるのはそういう相手だろうな。だが、魔術師や騎士は敵と相対する事が少なくはない。そんな時にやっかいな奴。

「もう後がない奴——俺は、追い込まれた人間が一番面倒だ。……死をも恐れない、そんな奴は何をするか分からないからな」

「なるほどな。それで、それがどうした？」

ルイは納得したように一つ頷く。こういう時、自分と違う意見を言おうがルイは否定せず、耳を傾ける。人の意見も自分が納得するものであれば柔軟に理解を示す。そんな所がルイの良い所でもあるな。

しみじみ考えていると、ルイは早く話を進めろ、と言わんばかりに視線を向けてくる。

——せっかちな所は減点ポイントだな。

「あぁ、あの聖女。そんな目をしていたんだよな。周囲の人間全てが敵に見えている。まるで戦場にいるかのような、そんな目」

ルイは目を見開き「戦場」とポツリと呟いた。

「あまり計算する頭がある方ではなさそうだし、神官たちの監視の目もあるから、何かできるとは思わないけど」

「そうだろうな。それに、大教会に行ってからは大人しくしているらしい」

確かに神官からの印象は良さそうだったし、前に舞踏会や召喚の儀の時に会った時とは雰囲気が変わっていた。

だが、あの聖女に警戒心を強くしたのにはキッカケがある。

それまでは、小さな子供がお菓子が欲しくて駄々を捏ねているぐらいにしか感じなかった。

それが、危険視するようになった理由。

それは、彼女は俺しか知りえないことを知っていたから。記憶の奥深くに置いておいた自分にとって大事な思い出を。しかもそれをあの聖女は、俺以外に知る人はいない、という所までを初めから知っていたようだ。

それを勝手に引き摺り出し、あまつさえ脅すような言葉を吐いた聖女。

『私と殿下が結婚できるように協力してほしいの。協力してくれたら、この事はラシェルさんと殿下には秘密にしておいてあげる。知られてギクシャクしたくないんでしょ？』

流石にこれは普段温厚な俺も少し怒ったけど。結果、俺が聖女を脅すような形になったのは、仕方がない。——とはいえ女子に対し申し訳なかったかな。

ルイぐらい冷徹であれば、そんな気にもしないだろうが。俺はそこまで冷たくもないからな。

膝に肘をつき、片手に顎を乗せたまま、目の前のルイを眺める。

「本当にルイのその無慈悲さを少し分けてほしいよ」

深いため息を吐き呟いた本音に、ルイは「いきなり失礼な奴だな」と怪訝そうに眉をひそめた。

「とにかく、あの聖女はどうにもお前に拘っている。まるで結婚さえできれば後はどうなっても良いとさえ見えるな」

「……何故そこまで」

そこが、俺も分からない。何故そこまでルイに拘るのか。

王族と結婚したいなら、第2王子だっている。今年15歳で、聖女と年が離れている訳でもない。ルイとは少し違うタイプだけど、見目も良い。

そもそも、彼女には王太子と結婚したいっていう野心は感じない。

何しろ、こいつは今ラシェル嬢しか見えていない。その状況で結婚した所で、ただ恨まれるだけだし。しかも聖女はルイの事が好きだというオーラを全く感じなかった。それどころか誰に対しても興味なく見えた。

……本当にあの聖女は何がしたいんだ？

「流石のお前も掴めない？」

「あぁ。情報は整理している。だがやはり目的に辿りつかない」

「やっぱりか。で、ルイも実際会いに行くの？」

「あぁ、明日シリルを連れてな」

そうか、明日か。もう少し間を置くようなら、言わなくてもいいかと思ったけど。

……明日か。それなら一応報告しとかないと、不親切だよな。

「今日、俺さ。聖女に随分酷いこと言っちゃったから、もし火に油を注いでいたらごめんな」

「は？」

ルイは最初目を丸くした。だが徐々に不審そうに《どういう事だ》と睨んできた。

うーん、まぁ、そうなるよな。彼女、激昂してなきゃいいけど。流石に今日のは俺が悪いから、飛び火したら可哀想だよな。

「逆に落ち込んで静かになるぐらいだったらいいな」

ソファーから立ち上がり、ルイの肩をポンっと叩く。頑張れよ、と言う意味を込めながら。

「は？　何、お前……何か余計なことを更にしたのか？」

やべっ。笑いながらも苛立ちを全く隠さないルイに、これ以上ここに居たらマズイと焦る。

ということで、俺は退散するか。

「じゃ、とりあえず帰るから」と右手を上げてそれだけ告げると、俺は自邸まで転移の言葉を口にする。それに対してルイは、「待て！」とか騒いでいるけど。

……聞こえなかった、ってことで。

「殿下、お待ちしておりました」

大教会へと向かうと、壮年の神官によって、教会内の奥に位置する一室に案内される。ドアを開けると、待っていたのは真っ白な装いを纏った聖女その人であった。

深々と礼をし、勧められるままに席に着く。不躾である事は十分承知の上で、目の前のアンナ・キャロル嬢をまじまじと見る。

私の視線に気付いているはずであるのに、視線を上げることなく暗い顔のまま、ただテーブルをじっと見ている。

——何か、おかしい。

今までであったなら、媚びを売るような視線に甲高い声を上げていたはず。だが、目の前のキャロル嬢はあまりにもいつもとは違う。

「キャロル嬢、聖女の学びは如何程であるか」

「はい。力が及ばず、特別な力は何も……。ですが、皆様には良くしていただいております」

口元は辛うじて微笑みを浮かべているが、視線はやはり下を向いたまま。

——覇気がない、という感じか。

もしかしたら、テオドールのせいか？　随分酷い事を言ったらしいが。

この聖女がそんなことで落ち込むとは思っていなかったが、どうやら本当にテオドールの言葉が効いているのかもしれない。

……本当に、あいつは何を言ったんだ。頭の中でテオドールに悪態を吐きながら、元々キャロル嬢に言うべき事を伝えるために口を開く。

「陛下と何やら取り引きをしたようだな」

「取り引き……という程では。婚約の件でしたら、願いは口にしました」

その一言に眉間に力が入る。

「はっきり言おう。私は受けるつもりは毛頭ない」

「いえ、貴方は私と結婚すべきなのです。それが、殿下が殿下として生まれてきた定めなのですから。私もそう。アンナとしてこの場にいるからには、貴方と結婚することが決められているのです」

定め？　何を言うかと思えば、神の信託でもないのに定めとは。

「何を考えているのか分からないな」

やはり、今もこちらへ向く視線からは一切熱を感じはしない。目的が分からない。もしかすると、人の行動には何らかの意図がある。だが、こいつからはその意図が見えない。

それが私に理解し切れないものなのかも知れない。

「私と結婚できなければ隣国へ行くというのは本当か？」

「貴方と結婚できない？　……そんなの何の意味もないわ。そうなったら、もう私にはどうしようもないじゃない」

ぼやっと遠くを眺めていたキャロル嬢の瞳に、初めて苛立った怒りの色が見える。

「君と結婚するぐらいなら、王太子の座を捨てる。……そう言ったらどうする？」

彼女の本心に初めて触れたことで、真実を暴こうとわざと更に苛立つような言葉を口にした。

案の定、私の言葉は彼女の動揺を誘ったようだ。

キャロル嬢はハッとし、迷子の子供のように今にも泣き出しそうな不安気な表情を見せる。

「そんな！　そんなのハッピーエンドじゃないわ！　貴方とアンナの結婚式がないと……。過程のイベントはおかしくなったけど、最後に貴方と結婚すればハッピーエンドだもの！」

勢い良く叫ぶと、キャロル嬢は急に俯き暗い顔で、何度も首を横に振る。

ボソボソと小さい声で何かを呟いている。キャロル嬢の口元を注意深く観察し耳をすませると、徐々にハッキリと聞こえてくる。

「いえ、分かってる……本当は分かってるの。ここはゲームじゃないんでしょ？　帰れないんでしょ、私。でも、どうすればいいのよ……。どうすれば帰れるの！」

帰れない？

一体、キャロル嬢は何処に帰ると言うのだ？

思わず後ろに控えたシリルに視線を送る。すると、シリルも困惑したように眉間に皺を寄せながら、小さく首を横に振った。

シリルも知らない、か。

顔を上げたキャロル嬢は、何処か必死に乞うような顔で私を見た。

「貴方達のことは申し訳ないと思ってるわ。引き裂いている私が悪役だってことも。……でも、これしかないの！　だって、他に帰れる方法が見つからないんだもの」

キャロル嬢は座っていた椅子から立ち上がると、テーブルに置いた手をギュッと握りしめる。その手は強い力が入っており、僅かに震えている。

「ねぇ、貴方メインヒーローでしょ！　だったら、私と結婚してよ！　そうしたらハッピーエンドを迎えられるかもしれないわ！」

「……キャロル嬢、殿下に何という口の利き方を」

シリルが堪らず一歩前へと出ると、淡々と注意する。だが、キャロル嬢の耳には全く入っていないようだ。

シリルへと視線を向け、首を横に振る。すると、シリルは黙ってまた元の位置へと戻った。

キャロル嬢は私たちのやり取りなど気にする素振りもなく、目に涙を溜めながら絶望の淵で叫ぶような声で、必死に何かを伝えようとしている。

「お願い！　帰れなかったらその時は消えてあげるから。離縁でも病死でも何でもいいから。……お願い。私を帰して。……お願いします」

最後には力尽きたように床に座り込み、頭を地面に擦り付けるようにしながら、「帰りたい、帰して」と涙を流しながら小さく何度も呟いている。

この異常さに、シリルが部屋の前を通った神官に声をかけた。

駆けつけた神官も驚きに目を見張り、「聖女様！」と大きな声で呼ぶ。だがその声にも、キャロル嬢は一切反応もない。

再度慌てたように出て行った神官がシスターを数人呼んできたようだ。そのシスターたちに抱えられるようにして、キャロル嬢は部屋を出ていった。最後まで絶望に染まった顔で、ボソボソと呟きながら。

シリルに呼ばれて初めに来た神官も、私達に頭を下げると踵を返す。だが、退室しようとする神官を呼び止め、問いかける。

「聖女は、いつもあのような調子なのか？」

「いえ。いつもは真面目に教えを学び、誰に対しても親切な方です。あのように声を荒げたのは初めてで……正直、戸惑っております」

「そうか。呼び止めて悪かった」

神官は再度頭を下げ、今度こそ退室した。部屋に残ったのは私とシリルだけ。

「あれは、何だったのでしょう……。理解不能な言葉の数々。聖女といえど、殿下に対してあまりにも不敬です」

シリルは戸惑いながらも眉間に皺を寄せて、不快感を露わにする。

あれがテオドールの言っていた《周囲の人間全てが敵》か。

「帰りたい、か。……あのように取り乱してまで帰りたいのは、何処なのだろうな」

「男爵領という訳ではなさそうですね。それより、もっと遠く。もう帰る手段のない場所を求めているような異常さ」

「あぁ、異常だな。だが、不思議と今日初めてアンナ・キャロルの素顔をみたようにも思う」

数日後、協力者である大教会の神官からの報告書が届いた。それによると、キャロル嬢はあれからずっと塞ぎ込み、部屋に篭りっきりになっているらしい。

落ち着いた頃にまた訪問しなければいけないか、と考えていると、シリルが数通の手紙を手に入室した。

「殿下、今日は良いものをお持ちしました」

「は？　また変なものじゃないだろうな」

シリルから手紙を受け取ると、一番上に淡い紫色の封筒を見つける。惹かれるものを感じ、便せんを取り出すと、そこには美しい字が並んでいた。

——ラシェルの字だ。

頬が緩むのを感じる。時候の挨拶を読みながら、ラシェルの顔が浮かぶ。まるで、本人が目の前にいるかのように感じ、日頃の疲れが一瞬で取れそうだ。

——あぁ、ラシェルに会いたい。今すぐ顔を見て、抱きしめたい。

愛しい気持ちが溢れ、揚々と読み進めていたが、読み進めるにつれ顔が引きつる。

そこには《アンナさんから我が家へ訪問の伺いをされました。両親とも相談しましたが、お受けしようかと考えております》と書かれていたからだ。

手紙を読み終えた私は、慌てて侯爵へと連絡を取ることになった。

# 7章　アンナの目的

「聖女様、本日は我が家にご訪問くださいまして、ありがとうございます」

「あの……いつものように、アンナと呼んでください」

訪問の申し出を受けたのは、数日前。どうやらアンナさんは最近自室に篭りがちで、大教会の神官たちは困り果てていたようだ。気晴らしをと、様々な誘いを提案したが、その全てを断られたとのこと。

ところが、何も興味を示さなかったアンナさんが、突如友人である私には会いたい。そう告げたらしい。聖女がこのままの状態では困ると考えた大教会から、父に直々に訪問の申し出があった。それが今回の事のあらましだ。

正直、私自身は複雑、というのが正直な所。殿下と私の婚約解消を願ったのはアンナさんだと考えている。

陛下の考えを貴族として理解出来ない訳ではない。国を想うからこそ、より盤石となるために民から支持される王太子妃を選ぼうとしているのだろう。

理解はできる。でも、殿下との未来を叶えるためには、抗わなければいけない。そのためには、今まであった聖女様への負い目を感じたままでは、この先も何も変わることができない。

だからこそ、彼女を避けるのを止めて、しっかりと話がしたいと思った。

「さぁ、どうぞお座りになって」

「……はい。ありがとうございます」

アンナさんは、小さく頭を下げて、私の正面の椅子に腰かけた。そっと窺い見ると、俯くアンナさんの表情は見えない。でも、いつものニコニコと明るい笑顔は浮かべていないことはわかる。

それどころか、陰鬱とさせる雰囲気や目の下にくっきりと残る隈。泣き腫らしたかのような真っ赤な瞳。どれもが私を困惑させる。

——一体、彼女に何があったのだろう。

「……殿下と、あとテオドール様が大教会に来ました」

「そう、ですか」

重い沈黙のあと、沈んだ声で話し始めたアンナさんへ耳を傾ける。

「私がどうしようと、殿下は私と結婚することはあり得ない……と、2人から言われました」

彼女は何を言いたい？　それを今、殿下との婚約を継続できるか危ぶまれている私に告げるのは何故。

「それで、私の望みはもう絶たれたようなものなのです。だから、私はもう二度と帰る場所はなくなったようなもの」

「帰る場所？」

「はい。……私の大切な場所。あの人の側にいられる場所。それが消えてしまったんです」

「あの、アンナさん？　あの人とは誰の事を言っているのかしら……」

「あの人は……彼は、私の何より大切な人」

ポツリと呟くアンナさんの暗い瞳に、僅かにキラリと輝く何かが見えた。

彼、と言うことは男性ということよね？

「好きな人、ということ？」

「好き……好きよりもっと。もっともっと……」

奥底から絞るように言うアンナさんの表情はとても苦しそうで、握り締めた手をギュッと胸に当てた。

そして、暗い瞳をそのまま私へと向けた。その瞳は先ほどの一瞬の煌めきが嘘かのように、真っ暗に絶望感に染まっている。

「あの、私……最近自分がよく分からなくて……変な事ばかり言うと思うんです。しかも自分勝手で、どうしようもなくて、今記憶もおかしくて……一人でどうすれば良いのか分からなくて」

「落ち着いて。どうしたの？　何かあったの？」

彼女の苦しみはその言葉の端々から感じ取る事ができる。だが、何に苦しんでいるのか、何故そのような状態になったのか。

なにより、今聞いた話だと好きな人が別にいるらしい。なのに、何故殿下との婚約を望むのか。彼女の行動の全てが私には分からない。

私の困惑を尻目に、アンナさんは「あの」と躊躇いがちに前置きした。

「いきなり変な事を言うようですが……ラシェルさんは、前世ってあると思いますか？」

前世？　突拍子も無く告げられた言葉に思わず目を見開く。

自分が生まれてくる、その前に生きていた自分の人生という事よね。自分ではない、違う人生を生きた自分？

物語の世界の話。そう思う自分とは別に、絶対ないとは言い切れない私がいる。

というのは、私は一度死んで、今ここにいる。そんな普通でない事が起こったのだ。だったら、前世だって有り得るのかもしれない。

チラっとアンナさんへと視線をむけると、何処か緊張したように強張った顔をしている。瞳は不安そうに揺れている。

その様子に、この質問はふざけたものではなく、彼女にとっては大切な質問なのだと理解した。

ならば、私もしっかりと考えなければ。そう思い、小さく深呼吸をしながら、頭の中を整理する。

「そうね。……ない、とは言い切れないとは思うわ」

私の答えに、アンナさんは大きな目を最大限に見開く。ジワジワと涙が溢れ、彼女が膝に置いた手にポツリと零れ落ちた。

「……信じてもらえる話ではないのですが。だっ、誰かに、誰かに聞いてほしくて」

「ええ」

「それを散々迷惑かけている貴方にお願いするのは間違ってるのは承知なんですけど」

「ええ」

アンナさんは何度も頬を拭いながらも、それでも溢れてくる涙が止められない様だ。何度も言葉を詰まらせながら、それでも溜まりに溜まった想いが止められないのかもしれない。

伝えたい想いだけが先行して、順序良く話すことはできていない。

それでも、彼女が必死に私に何かを伝えようとしている。そして、助けを求められている。

不思議とそんな感覚に陥る。

アンナさんの事をどう思うか以前に、私は本当のアンナ・キャロルを知らないのかもしれない。まずは、それを知るべきなのかもしれない。

「ゆっくりでいいわ。貴方が話したいことを話して」

アンナさんが呼吸を整えているのを見ながら、安心させるようにできるだけ静かな声で伝える。すると、アンナさんは小さくコクン、と縦に頷く。

「……私は、その……アンナではあるけど、アンナではない。前世の自分……らしいのです」

「前世の自分……」

「トルソワ魔法学園の入学式の日。その日に、私は前世の記憶のみを持って目を覚ましました」

トルソワ魔法学園の入学式？

アンナさんの言葉に、時間が止まったかのようにピシリ、と固まる。だって、それは……私が戻った日と同じ日だったのだから。

アンナさんが小さく消えそうな声で語り始めた言葉は、あまりに予想外の事実だ。

「見知らぬ人達が私の父や母だと言うし、急に学園に行く日だ、なんて言われるし。最初は何が何だか分からなくて……。でも私はこの世界の事を知っていたから、直ぐに《あぁ、なんだ。ここは夢なんだ。間違えてゲームの世界に来ちゃったんだ》って、そう思ったんです」

ゲーム？　ゲームの世界って何？

「だから、早く帰らなくちゃ。マコトくんの所に帰らなくちゃ、そう思っていて。この世界の人達のことも……生きている人間とは、あえて考えないようにして。皆、私とは違う。ただ与えられた役割をこなしている人形なんだって思うようにしてて」

この世界？　人形？

「でも、最近はアンナの記憶が戻って来る事があって……。その代わり、前の両親の顔が朧げになって。……次は、次はもしマコトくんのことを忘れたら、私……どうしようって……。だから、無理やりでもハッピーエンドを迎えて早く帰らないと、って」

「ごめんなさい、待って。話が全く見えないわ」

堰を切ったように捲し立てるアンナさんに、思わず会話を止める。何が何だか分からない。まず、何より。これを聞かなければいけない。

「あなたは、あなたは誰？」

「……私？　私は……」

そして語られるアンナ・キャロルの真実。

それは私の想像を絶する話だった。

私の名前、アンナ・キャロル。それは現世でのもの。

前世は、杏。苗字はもう思い出すことはできないけど。

商店街の和菓子屋で生まれた私は、両親は仕事で忙しく、あまり何処かに出掛けた覚えもない。それでも、私は寂しいなんて思った事はない。

両親はいつでも優しかったし、時間が限られている中でも、いつも私の話を嬉しそうに聞いてくれた。沢山抱きしめてくれて、大切にされていることも実感していた。

それに何より、お隣のお豆腐屋さんの兄妹がいつも一緒にいてくれたからだ。

お互い両親が忙しい事もあり、両親と顔を合わすより、この兄妹と一緒にいる時間の方が長いくらいだ。

そんなお豆腐屋さんの子供は2人。兄の誠くんは私よりも5歳年上。妹のメグは私と同い年。

誠くんは、見た目は目つきも悪くて、ガタイも大きくて、一般的にはお世辞にもカッコいいとは言えない。でも動物にも好かれやすくて、誰よりも優しい人。

それにとてもしっかり者で、忙しい親に代わって小学生の頃から家事の手伝いさえしていた。

周りの友達がゲームやサッカーで遊んでいる時、誠くんはいつだって私達のお守りをさせられていた。

不満だって多かっただろうに、私やメグにあたる事もなく、いつだって『今日は杏の好きなホットケーキ焼いてやるからな』と笑ってくれた。

私が寂しい時、泣くのを我慢している時、いつだって真っ先に気付いてくれて『杏、どうした？』と優しく聞いてくれるのだ。

そんな誠くんを好きになるのは自然な事で、保育園の時から『将来は誠くんのお嫁さんになる！』と言っていたらしい。

でもそんな私を、年上の誠くんはいつも困って笑うばかり。『杏は可愛いんだし、これからいくらだって良い人が現れるよ』なんて子供の冗談だと思って、いつもはぐらかす。

そんな私の一番の相談相手は、いつだってメグだった。学校も年齢も同じメグとは、何でも相談できる大切な親友だ。

「まぁ、妹としか見られてないよね」

「メグ、そんなハッキリと言わなくても……。そんな事は分かってるの」

「お兄ちゃん、杏が本気で好きだなんて思ってないんじゃない？　鈍感だし。せいぜい兄代わりの自分に懐いてくれて嬉しいなーぐらいだと思う」

答えに見当はついていたけど、誠くんの妹にハッキリ言われると落ち込む。しかも、懐いてるって……私はもう高校生なのに。

「もっと同級生とかにも目を向ければいいのに」

「……誠くんよりカッコいいと思う人いない」

「あっそ」

やっぱり5歳の壁は厚い。ようやく高校生になったのに、誠くんはもう働き始めてしまった。メグは『お兄ちゃんに限って彼女出来るはずない』なんて言うけど、こんな素敵な人を他の人が好きにならないはずがない。

最近は焦りから色んな事を試してみては、失敗に終わっている。

大人っぽい服装にしてみたら『それも似合うけど、いつもの杏が俺は好きかな』って言うし。薄着で誠くんの前を彷徨いたら『風邪ひくぞ』って心配しながら、自分の着ていたパーカーを私に着せてくれたし。

クラスメイトに告白されたと言ってみたら『杏は可愛いからな』とはにかみながら笑ってくれた。

結果、更に私が誠くんにときめいて終わっただけだ。

誠くんへの好きが爆発しそう。

行動の全てが空回りしている気がする。どうすれば意識してくれるのか分からない。生まれた時から一緒という事は、誠くんの近い距離にいられるというラッキーなことだけど、意識され難いっていう悪い面もある。

そうこうしている内に、知らない人を彼女だって紹介されたら……。考えるだけでとんでもないダメージ。

そんな私を横目にメグは深いため息を吐いた。さっきまで遊んでいたゲーム機からソフトを取り出し、ケースに仕舞う。

「じゃあさ、次はこの乙女ゲーで恋愛の勉強しなよ！　次のは魔法ありの学園ものだよ」

「またー？　この間借りたの終わってないよ」

「いいから、いいから」

メグから押し付けられたのは、メグが昔から大好きな乙女ゲームというものだ。いつもメグが終わったゲームを渡されたり、アプリを入れられたりして、それを私もやる。その後に語り合う、までがいつものセットだ。

「今度のはメインはこの王子様で、特にカッコいいんだけど、隠しキャラも……」なんてメグはパッケージを指差しながら、がっつりネタバレし始める。それをボーッと聞きながら、そもそもこれで本当に恋愛の勉強になっているのだろうか、と首を傾げる。

だが、今の私には手掛かりになるものは何でもやらなくては。手詰まりの私は藁にも縋る思いで、勧められるまま乙女ゲームの攻略に勤む。

でも途中から、《これを誠くんに言われたら！》《このシチュエーションを誠くんと》なんて妄想して楽しむ技を覚えた。それをメグに伝えたら、かなり引かれたが。

誠くんとの距離は一定のまま、それでも日常は過ぎていく。

時々、誠くんが休みの日に一緒に出掛けたり、ご飯を作ってくれたり……そんな日々が私にとってかけがえのない日常。

伝わらない想いは苦しくて。でも側にいられる幸せは世界一で。彼の笑顔だけで、私も頑張ろうって思える。

そんな、一生に一度の恋をしていた。

でも、そんな日常は一瞬で消え去ると知ったあの日。

メグが部活の朝練で先に高校へと行った日。たまたま誠くんとバッタリ家の前で会った。

「あれ、杏。おはよう」

「おはよう。誠くんも今から仕事？」

「そう。途中まで一緒に行くか？」

なんてラッキーな日なんだろう。朝から誠くんに会えて、しかも一緒に行こうなんて誘ってもらえるなんて。

寒さの厳しい時期にもかかわらず、私の心は浮き立つ。隣の誠くんは、昨夜も仕事が遅かったのか欠伸を噛み殺している。

「仕事、忙しい？」

「まぁ、まだまだ見習いだからな。修行の身だよ」

ちゃんと寝られているだろうか、と心配で顔をこっそりと覗き見る。だが誠くんは、私の視線の意図にあっさり気づいたようで、困ったように眉を下げながら微笑んだ。

人の変化にはすぐ気がついて甘やかすけど、自分が人に心配をかけることは嫌うんだから。

「そういえば、杏はまたメグにゲーム押し付けられたんだって？」

「うん、でもあと少しで終わるよ」

「へぇ。どんなやつ？」

好きな人に乙女ゲームの説明をするなんて、と思わないでもない。だが、その点はメグのお兄さん。乙女ゲームに理解があり、私が携帯電話で検索したサイトを見せると「あー、確かにメグがやってたな」と頷く。

「一応ここまで攻略終わって、後はメインヒーローとのエンディング」

「そっか、じゃあ終わったら感想教えてよ」

誠くんは私が読んだ本や見た映画など、好きなものを語っている時、いつもニコニコと嬉しそうに聞いてくれる。

でも、これはそれとはちょっと違うし……。

「乙女ゲーの話聞いて面白い？」

「杏の話を聞くのが面白いんだよ。杏の話なら何だって楽しいよ、俺は」

優しく微笑みながら、頭を優しくポンポンっとしてくれる誠くんに、また頬が赤くなる。それをバレるのは恥ずかしくて、首に巻いたマフラーに顔を埋めた。

「じゃあ、気を付けて行けよ」

信号の前で立ち止まった私に、誠くんはニッコリ笑いながら手を振った。

……もう着いちゃった。

駅へと向かう誠くんとはここまでしか一緒に行けない。そう分かっていても、やっぱり寂しい。そんな私の気持ちなんて気づかないように、誠くんはあっさり踵を返し、私に背を向けながら道を真っ直ぐに進み始める。

一つため息を吐いて信号を確認すると、赤。もう一度誠くんへと視線を向ける。

……振り向け、振り向け。

——振り向け！

想いを送ると、その念が通じたのか、誠くんが振り返る。

――あ！　振り返った！

そう喜んだのも束の間。こちらを見る誠くんの様子がおかしい。

驚きに染まった顔をし、誠くんは私の真後ろを指差した。どうしたのだろう、と誠くんの様子に目を凝らすと、誠くんは持っていた鞄を放り投げながらこちらへと必死に走ってくる。

え？　何？

その瞬間、全てがスローモーションのように見えた。

ゆっくりと後ろを振り返ると、私の視界いっぱいに大きなトラック。それが私目掛けて、猛スピードで迫り来る所であった。

「杏！」

唯一、その瞬間聞こえた音。それは、私の好きな人の声。私を呼ぶ声だけだった。だが、その直後に経験のない強い衝撃が襲う。

――その瞬間、私の世界は消えた。

最後に誰かに腕を掴まれた気がするが、それは気のせいかもしれない。

……私、死んだ？

暗闇の中、恐怖で必死に周囲を見渡す。すると、光が見えた。その光を目印に走って、走って、出口を探す。だが、眩しい光に思わず目を瞑り、その後ゆっくりと開けた。

そこは、見覚えのない部屋だった。


――生きている？

確かに自分目掛けてトラックが迫ってきた覚えがある。でも、今目を開けているってことは死なずにはすんだということなのか。

ってことは、ここは病院？

起き上がり室内を見渡すと、どう見てもここは病院ではない。私の部屋より大きいこの部屋は、可愛らしい小物や淡い色が多く、いかにも女の子が生活していそうだ。

その時、サラッと流れるピンク色の髪の毛が私の視界に入った。ハッとして、その髪を掴む。

「痛っ！」

強く引っ張りすぎたのか、痛みに思わず声が漏れてしまう。

ちょっと待って……ピンク？　日本人ではあり得ない髪色に、一気に眠気が何処かへと吹き飛んだ。

痛いって……どういうこと？

もつれる足を何とか前へと出しながら、姿見鏡の前へ立ち、恐る恐る覗き見た。

「うそ……」

鏡の中に居たのは、想像していた黒髪の少女ではなかった。ふわっとしたピンク色の髪にパッチリした目の少女が、目を見張り驚きに染まった表情をしていた。

茫然とその場に立ち竦み、指一本動かすことさえできない。

そんな私を無視するように、2人の女性が現れた。1人はメイド服を着ていて、もう1人は鏡の中の人物に似た30代ぐらいの女性。

2人は動かない私に小言を言いながら、無理やり知らない学校の制服に着替えさせる。

「アンナ、あなた一体どうしたの？　今日は入学式なのだから、しっかりなさいね」

「あの、あなたは誰？　何故私はここにいるのですか」

困惑しながら尋ねた私に、女性は大きなため息を吐くと、「母親に誰なんて、朝から冗談はやめて頂戴」と呆れたように言い放った。

「準備ができたら下に降りてらっしゃいね」

母と名乗った人は、それだけ伝えると、メイド服の人と共に退室した。残された私は戸惑うばかり。

でも、アンナ？　アンナと呼んでいた？

ハッともう一度鏡の中の少女を見る。待って……これ、見覚えがある。直前までやっていたゲームのヒロイン？　そう、アンナ・キャロル。ってことは……ここはゲームの世界って事？

いやいや、まさか。ゲームの世界なんて、あり得る訳無いじゃん。

じゃあ、これは夢？

そういえば、この間見た映画。確か、意識不明の間に長い夢を見ていたって話。もしかして私はその状況ってこと？

だったら、本当の私は、きっと意識不明で病院にいるのかもしれない。

どうしよう。お母さんもお父さんも心配してるよね。メグだって。結構泣き虫だから大泣きしてるかも。

それに、誠くん。目の前で私がトラックに轢かれたんだから、優しい誠くんは自分を責めてるかもしれない。

早く、早く帰らないと。誠くんに会って、心配かけてごめんって言わなきゃ。

どうしたら、どうしたら戻れるのだろう。早く起きないと……。

心臓が嫌に激しく動く。落ち着かずに、室内をソワソワ彷徨いてしまう。

衝撃を与えたらいいのかと思い、頭を思いっきりぶつけてみたりしてみたが効果はない。それどころかアンナの両親が心配して入学式を休むかと言い始めた。

待って……入学式。それってゲームのスタートと一緒だ。ということは、やっぱり……やっぱりゲームに入っちゃったってこと？

ありえないことだとは思うけど、夢だと考えたらあり得なくなくもない？

もう何がなんだか分かんない。焦燥感に涙が溢れてきて視界が歪む。

でも、ここが夢でゲームに入ったとして、どうすれば帰れるのか。……ゲーム、ゲーム。もしかしたら、エンディングを迎えたらこのゲームは終わる？

でもそれだと、クリアするまで戻れないってこと？

落ち着け、落ち着くんだ。思わず握り締めた拳を開いて見ると、爪の痕がくっきりと残り僅かに内出血している。

じゃあ、どのルートを攻略すれば元に戻れる？　このゲームに逆ハールートはない。隠しキャラも他のキャラを全員攻略後じゃないと攻略出来ないから選択肢から外そう。

そう言えば、メグが確か……。

『この王子様ルートだけエンディングの結婚式に精霊王が来てくれるんだよー。それでお祝いとして、ヒロインに祝福を送ってくれるの。もちろんヒロインは《国の平和》を祈るんだけど』

これだ！　精霊王……確か、2年生で加護を貰って聖女になる。それで親密度を上げていると、光の魔術を使えるようになって……。

私はあと一歩でエンディングだったから、結婚式のシーンはまだ見ていない。でもそれまでのイベントは全部見ているし、唯一攻略していない隠しキャラの情報だって、メグがネタバレしてくれていたから知っている。

クリア……。クリアしたら、帰れる……よね？

ううん、帰れるよ。だって、ここはゲームだもん。こんな、こんな異常なこと、夢じゃなきゃ考えられないじゃん。

震える足を一歩踏み出して、私はアンナとして演じるんだ。それで帰る……誠くんの所に。

そう思っていたのに。何で全然上手くいかないの！

王太子は私に興味ないし、悪役令嬢はようやく学校に来たと思ったら仕事しないし。もしかしたら、この人も夢の中に入っちゃった人かな、って思ったけど。カフェで話をさり気なく聞いたら、やっぱりゲームのキャラクターのようだし。

それどころか、仲の良い友人関係を見て寂しくなった。私もよく学校帰りに、カラオケ行ったり、カフェ行ったり……楽しかったな。

——駄目駄目、もう一度帰ったら私だって、また女子高生してメグと遊ぶんだから！

やっぱり夢の中だから、ゲームとはちょっと違った展開になるのかもしれないよね。

それにしても、あの悪役令嬢。悪い子じゃないんだよね……。どうせならゲームみたいに、嫌な子だったら良かった。王太子とも仲良さそうだし。

……これじゃあ、私が悪役じゃん。仲良い恋人を引き裂く真似、夢とはいえ何でやらなきゃいけないのよ。

だっ、駄目。このゲーム世界に感情移入なんてしちゃ駄目だ！　みんなキャラクター、全部ゲーム！

こんな事考えてたら、帰れないじゃん。クリアしなかったら、私が起きなかったら、本当の体は死んじゃうかもしれないのに。

自分がどんなに嫌な人間に成り下がっても、誠くんに嫌われても、それでも嫌なんだ。もう誠くんに会えないのも。メグとお喋り出来ないのも。

それに両親と……あれ、両親？

あれ、お母さんってどんな顔？　お父さん……あれ？　そう、お父さんは私が小さい時に公園に一緒に行って、帰りの馬車で……。帰りの馬車？　違う。これは《お父さん》との思い出じゃない。《お父様》との思い出……。

え？　何でそんな……。ゲームでは語られてない思い出を何で私が知ってるの？

私の名前は、杏。苗字は……。え？　何で。何で何で何で。

嘘、思い出せない……。この世界に来てからあえて、アンナの両親とは距離を置いてきた。

だから学園の寮にだって入った。それなのに、何でアンナの記憶を次から次に思い出していくの。ここは……ゲーム、でしょ？

そうじゃなかったら……。そうじゃなかったら、私は……。

ねぇ。誠くん、誠くん。

怖いよ。いつもみたいに『どうした、杏』って言ってほしいよ。頭を優しく撫でてほしいよ。もう誠くんの彼女になりたい。お嫁さんになりたいなんて、そんな無理を言わないから。

誠くんに好きな人ができたら、身を引き裂かれるぐらいに嫌だけど。でも、誠くんの幸せを誰よりも祝うから。

神様。ゲームだと思ってごめんなさい。みんなを傷つけてごめんなさい。もう私の命だって望まない。行く末が天国じゃなくても良い……。

だから、お願い。お願い神様。私から誠くんの思い出を奪わないで。誠くんを消さないで。もう一度、もう一度だけで良いから。お別れの言葉だけでも良い。

だから、だから……。

「……誠くん、会いたいよ」

アンナさんの告白に、私は胸が苦しくなった。

もちろん戸惑いもある。前世の記憶——私には到底想像もできない世界。

この国が前世の頃から知っていたということも、私たちが乙女ゲームというものに出てくる登場人物にそっくりだということも。そして、私の知っていたアンナ・キャロルは彼女であって、彼女ではないということも。

それでも、彼女が身を滅ぼしても叶えたいと願った想い。そこに辿りつくことは、難しいだろう。そしてそれを、アンナさん自身はとっくに気がついていた。

その上で、現実逃避をしなければ自分を守る事が出来なかったのではないか。

私は席を立つと「ごめんなさいね」と前置きし、彼女を力一杯にギュッと抱きしめた。

「……よく頑張ったわね」

アンナさんは、一瞬ポカンとした表情で私をジッと見つめた。でもその直後、徐々に顔を歪め子供のように嗚咽を堪える。だが、それも耐え切れずに大きな声で泣き始めた。

その間にも、アンナさんは「ごめんなさい、ごめんなさい」と何度も言葉を詰まらせながら、必死に私に伝えた。

私は彼女の事を何一つ知らなかった。彼女はたった一人、孤独の中でこの場にいたのだ。

アンナ・キャロルの記憶を失い、前世の記憶を思い出した。そして今、また前世の記憶を失おうとしている。

私は時間を遡ったとはいえ、自分の両親、そしてサラを含め、知っている人達の所に戻った。でもアンナさんは、誰一人知らない場所に来たのだ。何の説明もなく。

どんなに不安だっただろうか。どんなに孤独だったのだろう。

私が彼女を抱きしめて何になる訳でもない。自己満足なのかもしれない。でも暗闇の中で一人きり殻に籠もっていた彼女は、今初めて足を踏み出そうとしている。初めて鎧を着ていない自分をさらけ出そうとしている。

彼女の孤独を想うと、個人的な感情よりも何よりも、今まで一人でよく耐えたと……彼女の想いに寄り添いたい。自然とそう感じたのだ。

暫くすると、アンナさんは少しずつ落ち着きを取り戻したようだ。私は抱きしめていた腕を離し、また向かいの席へと戻る。

すると、アンナさんはウサギのように真っ赤になった目元を隠す事なく、私へと真っ直ぐ視線を向けた。

「ラシェルさん、話を聞いてくださってありがとうございます」

アンナさんは先程までの陰鬱さから、少し吹っ切れたかのように穏やかな表情をした。

「誰かに聞いてほしかったのかもしれないです。杏という人物がいたということを。私が生きていたということを……」

「えぇ」

「それに、忘れていました。人の温もり、人の優しさ……そんな温かい感情を」

アンナさんはここではない、どこか遠くを見た後、また私へと視線を向けた。それが、今まさに彼女が遠い世界から、この世界に目を向けた瞬間のような感じがした。

「許してほしいとは言いません。それだけの事をしたと思っているので……。ラシェルさんにも殿下にも、他の皆さんにも酷いことをしました」

唇をギュッと噛み締め、俯くアンナさんを見ていると、きっと彼女には、その生き方しかできなかったのだと理解する。

でも、今はもう違う。ゲームの世界とは違うと認めたことで、本当の意味で苦しむのはこれからなのかもしれない。

過去と今の記憶に苦しみ、もう二度と会えない人を想って泣き、自分が消える恐怖に怯える。

自分がそうだとしたら……考えただけでもゾッとする。

そんな苦しみが確実に彼女を襲う。そう考えると、胸の奥で悲しみが込み上げそうになる。

「これからどうするの？」

「これから……。そうですね、これからの事……考えなきゃですね。あっ、でもちゃんと陛下とは話しますから。婚約はしないいし、隣国にも行かないって」

――それを陛下が聞き入れるだろうか。彼女がそれを陛下に伝えたとして、陛下は首を縦に振るとは正直思えない。

彼女に目的があって殿下との婚約の話を持ち出したのだろうが、陛下にだって目的がある。そしてそれは、アンナさんのようにただ、なりふり構わず全てを投げ打っての覚悟で持ち出した話ではないだろう。

陛下の中でそれは、もはや彼女がいくら《もう止めます》と言った所で、簡単に聞き入れるような話にならない可能性が高い。

アンナさんはそんな陛下に気がついていないのかもしれない。彼女は、良く言えば真っ直ぐ。悪く言えば、人の悪意に鈍感なのかもしれない。きっと貴族社会の記憶が薄いことも、原因だと思う。

――陛下は、正直怖い。先日の謁見以来、特にそう思うようになった。

でも、陛下を避けているようでは私の望む未来も今後来ない。そう考えると、気が重くなる。

私の暗い表情にアンナさんは気付く事なく、「それと」と力強い言葉を発した。

「今後はちゃんと見てみようと思います。この世界にいる人たちを。いつまで杏の記憶を持てるかは分かりません。でもアンナは確かに私で、杏も私だって……そう思えるんです。今はまだ頭の中が整理がついてないですけど……。ラシェルさんにもう一度、今度は本当のアンナ・キャロルと友達になってもらえるように……頑張ります」

「そう。大丈夫……な訳ではないわね」

私の言葉に、アンナさんは一瞬また真っ赤な瞳に涙が浮かんだ。だが、無理やりに笑顔を作ると首をゆっくりと縦に振った。

「何度だって後悔すると思います。きっと、ああすれば良かった、何であんな事をしたのかって。でも望んだものはもうどうしたって二度と手に入らないですから。……それでも、私は生きていかないといけないんですよね」

「そうね。あなたも私も、今この瞬間を生かされているのだから」

そう。誰がどういう意図で、私の時間を戻したのか分からない。と同時に、アンナさんの前世を呼び起こしたのかも分からない。だが、確実に私たちはこの時間を生きている。

やり直すためなのか、それとも別の何か違う意味があるのか。理由は分からない。

彼女にとっては、前世を思い出した事が良いことなのかさえ私には想像がつかない。もしかしたら、以前のような前世を思い出さないままのアンナ・キャロルでいられた方が苦しまずにすんだのかもしれない。それでも、何らかの力が私とアンナさんに働きかけた。

それが意味するものは何か。……やはり、私の魔力が失われた事とも関係があるのだろうか。改めて、その理由を知る必要があると再確認した。

と同時にアンナさんについて。彼女は許しを求めていない。それはきっと、彼女が自分で自己を見つめ直し、今後何をしていくか。その行動で判断してほしいという事なのだろう。

……私も過ちを犯したからこそ、そう感じるのだ。

それに、この件がなければ私は前回の自分の最期に向き合おうとしただろうか。魔力がないことを良しとしたのではないか。殿下に守られているまま、与えられるままに殿下の婚約者という立場にいたのだろう。

これは私にとっても必要な試練なのだ。そう思わなくてはいけない。

アンナさんは深呼吸すると、椅子から立ち上がり「そろそろ、失礼しますね」と私に向かって、深く深く頭を下げた。

その礼を見て思い出した。彼女の言動はとても貴族らしくはなかったが、マナーは洗練されていて、一朝一夕に身につけたとは思えなかった。

つまり彼女が前世の記憶を思い出してから、私に会うまでの間、血の滲む思いをしながら、必死に身につけたものなのだろう。

その礼ひとつで、彼女の今までの強い思いが伝わってきた。それが間違っていたとしても。

それでも、いつか。彼女と本当の意味で笑い合える日が来れば良い。そう思う自分は、間違っているだろうか。

アンナさんが帰り静まり返った部屋で、未だ私は頭の中でグルグルと彼女の言葉が一つ一つ浮かんでいた。何をしても、彼女の痛みを思い出してしまうからだ。

そんな時、ノックの音とともに入ってきたのはサミュエルであった。どうやらお菓子を持ってきてくれたらしく、焼き立ての香ばしい香りが部屋を満たす。

その香りに誘われるように、先程まで自分のベッドで寝ていたクロが起きてきた。すかさずサミュエルの足元に纏わり付くと『ニャーン』とご機嫌な声で鳴いている。

——サミュエルには見えていないけどね、クロ。

「あら、サミュエル。帰ってきていたのね」

「はい、先程。お休みを頂きましてありがとうございます。お陰様で、兄の結婚式も恙無く執り行えました」

「そう、良かったわね」

サミュエルは、お兄さんの結婚式のため2週間程休みを取り、エモニエ男爵領まで帰っていたが、今日戻ってくる予定だったのか。

「今日まで休みなのだから、もっとのんびりしていればいいのに」

「いえいえ、休んでいるのが性に合わないだけなので」

「そう？　でも今日は早く休んでね。長旅で疲れているだろうし」

サミュエルは微笑みながら頷くと、何かを思い出したように「そういえば」と前置きをした。

「先程、教会の馬車が出て行きましたね。ちょうど帰ってくる時にすれ違ったので」

「……聖女様がね、今日来ていたの。私と彼女は学園で同学年なのよ」

「聖女様ですか。俺のとこの領でも随分噂になっていましたね。聖女様が誕生したと」

「そう。じゃあ国中にもう広がっているのね」

エモニエ男爵領は王都から随分と遠いが、もう既に噂が広がっているとは。やはり聖女の誕生というのは、この国の人たちにとって、とても高い関心があるようだ。

「サミュエルはどう思う？　聖女が誕生したこと」

「俺ですか？　俺はあんまりよく分からないですけど……」

サミュエルは困ったように眉を下げて、大きな手で自分の頭を掻きながら「そうですねぇ」と少し考えるように呟いた。

「国にとっては明るくなって良いですよね。市井でもどんな人か皆気になっているようですし」

「そうよね。まだお披露目はされていないものね」

「まぁ、でもただの料理人の俺とは会う機会はないとは思いますが。……でも、あまり聖女様が苦しくならないと良いとは思いますね」

「苦しくなる？」

その言葉にドキッとする。ハッと顔を上げてサミュエルの顔を見ると、サミュエルは不思議そうにキョトンとしている。

「国が豊かであれば聖女のおかげ。でも災害や悪天候続き、何か悪い事があれば聖女が精霊王を怒らせたのでは、とか言われそうですよね。人というのは弱いですからね。国にとって悪い事が起きたら、目立った人間が批難されやすい。……だから、聖女様が穏やかに過ごせると良いですね」

サミュエルは穏やかな顔をしながら、窓の外を眺めた。その瞳は優しさで溢れている。会ったことのない人に対してそこまで考えられるとは。本当にこの料理人は懐が深いと思う。私の時も、雇われているからとはいえ、親身になり私の体調を考えながら料理を作ってくれた。

元々、人の事をよく考え、よく見ているのだろう。

「サミュエルは優しいわね」

「いっいえ、政治に疎い人間なだけですから」

恐縮したようにワタワタと両手を顔の前で振ると、「では失礼します」と言い残して、サミュエルは部屋を出ていった。

いつの間にか私の膝に乗ったクロは、皿の上のクッキーをパクンと口に入れて、モグモグと口を動かしている。口の中のクッキーがなくなると、『ニャー』とまた鳴き、次のお菓子を催促してくる。

「クロ、いくら精霊とはいえお菓子の食べ過ぎじゃないかしら？」

『ニャッ』

「はいはい、あと一つよ」

私の小言にクロは機嫌を損ねたようで、前足で私の腕をトンッと軽く叩く。そしてもう一つクッキーを口元に運ぶと、それを口に咥えたまま、私の膝からピョンと飛び降りた。

そのまま先程まで寝ていたベッドへと持っていくと、大事そうにゆっくりと食べ始めた。そんなクロの様子に、クスッと笑みが溢れる。久々のサミュエルが作るお菓子を、クロも待っていたようね。

さてと、今日のことを殿下に手紙で知らせないといけないわね。

アンナさんの事情に関しては、ペラペラと喋る訳にはいかないが、心配しているであろう殿下が少しでも安心できるように考えないと。

便箋を取り出そうと引き出しを開けた所で、「お嬢様」とドアをノックする音と共に声が聞こえる。「どうぞ」と声を掛けると、サラが少し困惑した表情で入ってきた。

「どうかしたの？」

「それが……あの、エルネスト様がお見えで……」

「エルネスト？　私とは約束していないけど、お父様に何かお話でもあるのかしら？」

「いえ、それがお嬢様に御用があるようでして……」

「私？　何かしら。……応接室？」

「いえ、庭園で待つ、と」

「分かったわ。ありがとう」

便箋を取り出そうとしていた引き出しを元へと戻す。そして席を立ち、部屋を出ていこうとする。すると、サラは焦ったように「あのっ」と私に声をかけた。

「あの……エルネスト様だけではなく、ご友人もご一緒なのです」

「エルネストの友人？　……誰かしら」

「それが、ローブで身を隠しておいでで。エルネスト様が身元は確かな方だと仰っておりました。執事長も旦那様から伺っているから大丈夫だとのことでご案内しましたが」

ローブで身を隠す？　魔術師団の方かしら。

「お父様も知っているのなら、怪しい方ではないはずね。詳しくはエルネストに聞いてみるわ」

「では、ご一緒します」


サラと2人、庭園のコンサバトリーへと向かう。ガラス張りの外から中を覗き見ると、ティーテーブルに2人の人影が見えた。

エルネストと……茶色のローブ、しかもフードを深く被って全く誰か分からない人と一緒だ。

茶色、と言う事は魔術師団ではないわね。

本当にただ身を隠したいだけなのかもしれない。誰なのかと不思議に思いながら、サラが開けた扉から内に入る。

すると、2人が一斉に顔を上げてこちらを見た。だが、直ぐに反応したのはエルネストではなく、茶色のローブの人であった。その人は、サッと椅子から立ち上がるとこちらに足早に走ってくる。

「えっ」

驚きに目を見開き、声が漏れてしまう。予想外の行動に、前に進もうと出した足を後ろに引き距離を取ろうとした私に対し、ローブの人が向かってくるスピードは緩む事がない。

「なっ、何を」

両手を前に出して止めようとするが、時すでに遅くローブの人はその腕ごと私をギュッと抱きしめた。

その瞬間、爽やかな香りが鼻を掠める。

――あれ、この香り。

ある気づきをした瞬間、ローブのフードが外れ、赤い夕日に染まった金色の髪が私の頬を掠めた。

視線の先にエルネストが困ったように苦笑いしながら様子を窺っている様子が見て取れる。

だが、私を力一杯に抱きしめるこの方には、全く見えていないようだ。

「ラシェル、心配したよ」

腕の力を少し緩めると、その人は両手で私の頬を優しく包む。そして目線を合わせると、綺麗な顔が私の視界いっぱいに広がった。

「……殿下」

まさか……。信じられない思いで、まじまじと殿下を見つめる。対する殿下は嬉しそうに目を細めて、私の髪の毛を優しく撫でた。

「今日、キャロル嬢が来たのだろう？　何かされなかったか？」

「えっ、えぇ。アンナさんとは色々お話をしただけですので……」

殿下は私の答えに胸を撫で下ろし、「良かった」と心から安心したように微笑む。

「先日私が大教会を訪問した時、彼女の様子がおかしかったから。キャロル嬢が君に危害を加えたらと思うと、ジッとしてられなくてね」

「ご心配をおかけして、本当に申し訳あ……」

謝罪の言葉は、殿下の指によって遮られた。私の唇に、殿下の人差し指がそっとあてられた。それはまさに、それ以上は言わなくて良いと言っているようだ。

目の前に殿下のお顔。唇に殿下の指……。そう意識すると、急にドキッと心臓が速く動き始める。先程から、殿下との距離が近い事で恥ずかしいというのに。

殿下はそんな私に気付いているのだろうが、何も言わず、眉を少し下げて首を横に振る。

「ラシェルが謝る必要はないよ。ただ、キャロル嬢が聖女であろうと、ラシェルに何かあれば容赦はしないが」

にっこりと微笑みながらも、その瞳が冷たく凍っていく様を間近に見て、思わず背筋が凍る。

先程までの頬の熱が一気に冷めるようだ。

ヒッ、と叫びそうになった声を飲み込み、引きつる頬を何とか笑顔に戻す。

「とっ……ところで、大丈夫だったのですか？　我が家に来たことが陛下のお耳に入ったらまずいのでは」

「大丈夫だよ。今日ここに来たのはエルネストとその友人。私は城の執務室にいることになっているからね」

「お仕事の方は……」

「あぁ。3倍速で今日の分は終わらせて来たから大丈夫。少し時間がかかってしまったから、来るのが夕方になってしまったが」

殿下は、申し訳なさそうに眉を寄せ、後ろを振り向くと、エルネストへと視線を向ける。

急に振り返った殿下に、先程まで気まずそうに視線をウロウロさせていたエルネストの背筋がピンっと伸びる。

「エルネスト、お前にも無理を言ってすまなかったな」

「いえ。あの、俺は……」

「あぁ。そんなに時間は取らせない。外で待っていてくれ」

「はい」

殿下の言葉に、エルネストは若干ホッとしたように安堵の色を見せた。そして、私へと目配せをした後に、扉の方へと向かった。それを見送りながら、殿下は私の腰に手を当てると、先程まで二人が座っていたテーブルまで誘導する。

席に着くとすかさず、サラがエルネストのカップをワゴンに片付けて、私と殿下に新しく紅茶を淹れてくれた。

カップから立ち上る湯気と香りにホッと一息つきながら、その紅茶に口を付ける。すると、今日一日ずっと気を張り続けていたようで、急に肩の力が抜けるようだ。

そんな私の様子を殿下は嬉しそうに、ただ微笑みながら眺めている。

「それで、キャロル嬢の話とは？」

「ええ。そうですね……詳しい事は、その」

「あぁ。勿論言える範囲で良いよ。キャロル嬢が私に話していない事は、言いにくいだろう。私が知るべきことだけで良いよ。後は本人が話すかどうか、かな」

殿下は、私がどこまで殿下に話をすれば良いのか悩んでいる事を、あっさりと理解していた。それに思わず目を見開くと、私を安心させるようにニッコリと微笑む。

「そうですね。では、アンナさんは目的があって殿下との婚約を望んでいたそうです。ですがその目的は果たされないようなので、婚約はしないと陛下に伝える。そう仰っていました」

「……そうか。その目的というのをラシェルは聞いた？　あぁ、内容は言わなくていいよ。聞いたか、聞いていないかだけで」

「聞きました。誰かに話したかった、と」

私の答えに殿下は、「そうか」と一言返すと、しばらく難しい顔をして黙り込んだ。そして目の前の紅茶に口を付けると、ふぅっと小さく息を吐く。

「陛下が聖女との婚約を簡単に諦めるはずがないな」

「やはり、そうですか……」

「だが、私だってそうだ。君を私の妃にすることを諦めるはずが無いだろう？」

殿下は眉間に皺を寄せながら、決意を固めた力強い瞳を私へと向ける。

「陛下とは一度話をしなければならないな。その辺は私に任せてほしい」

「はい」

「……本来なら王太子の座を弟に譲り、王族から出る方法だってあるのだろうな」

殿下は切なげに眉を下げると、弱々しくポツリと呟いた。

殿下は私を王家に、後の王妃に、と望む事に後ろめたい気持ちがあるのは変わらないのだろう。きっと第一王子として生まれた殿下にとって、その窮屈さを肌で実感しながら生きてきたから。それを私に背負わせることを、悩み続けているのだろう。

でも、これは私の決めたこと。殿下だけの問題ではないのだから。

「いえ、そのような方法はありません。私は殿下の隣に立ちたいのであって、殿下の目指す未来を奪いたい訳ではありません」

キッパリと伝えた私に対し、殿下ははっと息を飲んだ。そして右手で目元を覆うと、力なく

「ははっ」と声を漏らした。

「そうだったな……君は本当に強くなったよ」

目元を覆っていた手を殿下が退けると、そこにはもう弱さを見せた殿下の姿はなかった。光の宿った瞳で私を見つめた。

「最後に聞くが、本当にいいんだね？　私がすることは、陛下と対立することになる可能性さえある」

「構いません。あなたが私を信じてくださるように、私も殿下を信じていますから」

迷う事なんてなく、私は殿下のその視線を逸らさずに受け止めて答えた。

「……困ったな、ラシェルはこんなにも可愛いのに。更に眩く美しくなっていくな」

「なっ、殿下！」

殿下はその蒼い瞳で、私の全てを捕らえるかのように真っ直ぐ貫く。

そして、目元を綻ばせて妖しく瞳を煌めかせた。殿下のその薔薇の香りを漂わせそうな雰囲気に、思わずクラッと酔いしれそうだ。

「他の男には見せたくないな。いっそ、君を閉じ込めてしまおうかな？」

「……揶揄っていますね、殿下」

ニヤリと口角を上げる殿下に、私は必死の抵抗でキッと睨み付ける。だが、恥ずかしさから潤みそうになる目元、そして赤く染まる頬が隠されてはいない事から、効果はなさそうだ。

そんな私の様子に殿下は楽しそうに、声をあげて笑った。

「ははっ、冗談だよ。そうしたいって希望だけで、そうはしないよ。ラシェルが笑っている事こそ、私の一番の望みだからね」

そう優しく呟く殿下の声は、砂糖がたっぷり入ったクリームよりも甘く、柔らかいものだった。きっと、私がこれから目指す道は厳しいものだと思う。魔力枯渇の謎、そして失った力を取り戻す方法も見つからないかもしれない。

それでも、殿下がいつだって力をくれる。大丈夫だと、私の背を押してくれる。だから、私はまた一歩、前へと踏み出す事が出来るのだろう。

殿下といる時間は甘く優しく、それでいて幸福に包まれた時間。この時がずっと続きますように……。

殿下の優しい笑みを眺めながら、私はそう願った。

# 外伝　アンナの過去

中学3年生の夏休み。受験生にとって大事な時期に、私は意気揚々とお隣さんを訪問していた。というのも、誠くんに勉強を教えてもらう約束の日だったから。

誠くんは夢のために専門学校へと進学したが、高校は県内有数の進学校に通い、優しく丁寧な教え方はとってもわかりやすい。昔からよく、私やメグは勉強や宿題を見てもらうことが多かった。

『受験勉強はどう？　もし分からないところがあったら、いつでも頼るんだぞ』

そんな優しい誠くんの厚意もあり、休みの日にたまにこうして教えてもらいに来ていた。

受験生という憂鬱な日々の中で唯一、受験生最高！　と感じる瞬間だ。

ちなみに、誠くんの妹で、私の親友のメグは塾があるからとまだ帰って来ていない。つまり、誠くんの部屋に2人きり。

恋心を拗らせている私にとって、この状況は幸せでいっぱい。いくらお隣さんとはいえ、5歳も年が離れていると、会える機会は年々少なくなってきているから、2人きりなんて、本当にラッキーな状況。浮かれるなって方が無理でしょ。

私のそんな気持ちに気づきもしない誠くんは、机の一番下の引き出しからファイルを取り出すと、数枚の紙を私に手渡した。

「はい。これ、前に約束していた数学の定期テスト対策」

「誠くん、いつもありがとう。助かります！」

「杏は頑張り屋だからな。あまり無理はし過ぎるなよ」

しっかり者なのに、片づけがあまり得意ではない誠くんの部屋は、机の上に本が乱雑に積みあがっている。そのどれもが料理に関するもので、開かれたノートにはレシピが書かれている。

それを覗き込みながら、誠くんの日々の生活や頑張りが垣間見られることへの喜びが沸き起こる。でも同時に、誠くんの世界がどんどん広がって、私の手の届かない遠くに行ってしまう気がして焦りが生まれる。

「杏、蛍光ペン持ってきた？　どの辺が出やすいかマークしておくよ」

「ありがとう。あっ、ごめん。蛍光ペン入ってなかった。貸してくれる？」

「いいよ。引き出しに入っているから何でも使って。あ、俺飲み物入れてくるな。麦茶でいい？」

「うん！」

部屋を出ていく誠くんをチラッと見ながら、机へと向かう。誠くんがいないのに、開けていいだなんて、信頼されているようで顔がにやける。

机の引き出しを開けると、シャーペンやボールペン、蛍光ペン。それに、私がお土産であげた可愛いイルカがついたペンも一緒に並んでいる。

「まだ持っていてくれたんだ」

小学生の時に水族館で買ったそのペンは、男の人が使うにはあまりに可愛すぎる。それでも、持ち歩いて欲しいと懇願した私の希望を通してくれた。きっと誠くんは恥ずかしかっただろうけど、中学時代誠くんの筆箱には、いつもこのペンが入っていた。

その当時の誠くんを想うと、私の子供っぽい我が儘に申し訳なさを感じる。と同時に、その優しさが何より嬉しく胸を締め付ける。

——これだから、誠くんを諦めることなんてできないんだよね。

眺めていたイルカのペンを仕舞い、蛍光ペンを取り出そうとすると、その奥に、見覚えのあるものを見つけた。

「あれ……これって」

古びた赤いリボンが輪ゴムにくっついたそれを取りだし、自分の顔の前へと掲げる。

すると、遠い記憶と苦くて甘い思い出が、徐々に鮮明に蘇ってきた。

「ねぇ、お母さん。土曜日の運動会は来てくれるんだよね！」

「ええ、もちろんよ。約束した通り、ちゃんとお店はお休みにしたからね」

「やった！　じゃあ、ちゃんと甘い卵焼き用意してね！　それと、4年生の親子競技は二人三脚だから、怪我しないでね」

「じゃあ、杏と2人で1等賞取らないとね」

和菓子の包装をしている母の背中へと声をかけると、顔を見なくても母はきっと優しい笑みを浮かべていると伝わる。それがどこか照れ臭くも嬉しくて、頬が緩む。

授業参観、親子遠足、学芸会そして運動会。私やメグみたいに家がお店をやっていると、簡単には休めずに親が来られないことも多々ある。

もちろん、綺麗で甘くて美味しい和菓子を作る両親は、いつだって私の憧れで誇りだった。忙しくてなかなか行事に参加できないことを、両親が一番悲しんでいたのを理解していたから、我慢だってできた。

それでも、親が来ている友達たちが羨ましくないと言ったら、嘘になる。

でも、今年の運動会は予約が入らなそうだからと、早々に臨時休業を決めてくれたことが嬉しくて堪らなかった。同時に、何回でも確認しないと怖かった。いつ駄目になったと言われないか、と。

だから、その日の夕方にかかってきた電話に出た母の顔を見て、一瞬で理解した。

――あぁ、また駄目だったんだって。

『いつもお世話になっております……いえ、7日と伺っていたはずで……ぇぇ、翌週に……』

受話器を手に焦った顔で予約帳を確認する母を、厨房の奥で息を潜めて見つめる。電話の相手は一番のお得意先からで、茶会が一週間ずれたことの連絡のようだった。

カチャン、と丁寧に受話器を置いた母は、頭巾を取りながらこちらを振り返った。眉を下げ、「杏、ごめん……」と呟く母に、《しょうがないよ》と言おうとした。

でも、その時の私の口からは、嘘でもそんなことは言えないほどがっかりしていた。

「……いっつもそうじゃん。私ばっかり我慢して。いつだってお店が一番で……」

だから、自分を一番にしてくれなかったことへの悔しさに、約束を守ってくれなかった憤りに、乱れた心のまま感情をぶつける言葉を吐き出した。

「杏……。ごめん、約束したのに」

「もういい！　お母さんもお父さんも、この店も大っ嫌い！」

苛立ちをぶつけるように叫んだ私。ハッと顔を上げると、傷ついたように眉を寄せた母の顔を見て、それ以上何も言えずに店を飛び出した。

後ろから、私の名を何度も呼ぶ母の声が聞こえたが、それを振り切るように、逃げて走った。

走って、走って、走って……ただ悔しくて、悲しくて、苛立って。堰を切ったように涙が溢れた。

気がついた時には、薄暗く誰もいない公園で、トンネル型の遊具の中にいた。

ポツリポツリと雨が降り始め、辺りは徐々に暗くなっていた。それでも、家には帰りたくなくて。寂しくて、孤独で、怖くて。顔を膝に埋め、ギュッと力強く膝を抱えた。

これからどうしよう……。また涙が溢れそうになったその時、

「杏、迎えに来たよ」

柔らかい声に顔を上げると、トンネルの外で傘を手に、大きな体をしゃがませて優しく微笑む誠くんの姿があった。

「一人で寂しかったよな。来るのが遅くなってごめん」

「誠くん……何で……」

誠くんは傘を畳むと、トンネルに入り、私の隣に腰掛けた。コツンと当たった肩が濡れていることから、走って来てくれたのかもしれない。

「おばさんに事情を聞いたよ。……杏は嫌なことがあると、いつもここに来るだろ」

「……そうだっけ」

隣で、誠くんがふっと笑う気配がした。私の頭を撫でる大きな手に、さっきまでの孤独も恐怖も苛立ちも、全てが綺麗に昇華していく気がした。

「……嫌いって言っちゃった。お母さんもお父さんも大好きなのに……。いつも朝早くから遅くまで忙しくしているのも私のためだって知ってるのに……」

「うん」

「本当は運動会……お母さんが一番楽しみにしていたのも知ってる。……カレンダーに大きな花丸して。お父さんはカメラの準備して」

「うん」

小さなトンネルの中、暗くて誠くんの顔は見えない。それでも、感じる優しい温もりが私の固くなった心を和らげた。

私のたどたどしい言葉に、相槌をうつ誠くん。その温もりに固くなった心はどんどん溶かされて、スラスラと本音が口から零れ落ちた。

「なのに、嫌いって。嫌いって言っちゃった」

誠くんがいつものように、頭を優しくポンポンと撫でる手に、また涙が溢れる。

「大丈夫。杏がおじさんやおばさんのことが本当は大好きだってことは、皆知っているよ。本心じゃないことも、悲しいってことも伝わっているよ」

「どうすればいい？」

「杏はどうすればいいか、もう分かっているだろう？」

「……うん。でも……」

——ひどい言葉を言ってごめん。本当はそう謝りたい。でも……勇気が出ない。

「俺も一緒にいるから。一緒に謝りに行こう？　それでさ、杏の気持ちもちゃんと伝えるんだ」

「私の気持ち？」

「そう。楽しみにしていたことも、寂しい気持ちも、全部。おじさんもおばさんも、ちゃんと聞いて受け止めてくれるよ。だからさ、無理しなくていい。我慢しなくていい。良い子で聞き分けの良い杏でいる必要なんてないんだ」

言われて初めて気がついた。そうか……私、約束を破られて悔しかったのが一番だった。でも、同時に忙しい両親を困らせた自分にも苛立っていたんだ。

学校から貰った授業参観の用紙も、また困った顔をさせたくないからと勝手に捨てたこともある。大好きだから、困らせたくない。嫌われたくない。——いつの間にか、寂しいとか来て欲しいとか。そんな本音をぶつけようとは思いもしなかった。だって。

「お母さんを……悲しませたくない」

いつだって誠くんは、私以上に私のことを理解している気がする。我慢して、聞き分けの良い自分を作っていたのは、全部……そういうことだったのかもしれない。

ポツリと呟いた私に、誠くんは「うん、わかってるよ」と優しい声色で返してくれた。

「おばさんはもっと杏の側にいたくて、杏の姿を沢山見たいから悲しくなるんだよ。そうできないことに、杏をがっかりさせたことに。でもさ、俺だったら一番悲しいのは、杏が一人で我慢することだと思うんだ」

誠くんは穏やかな声で、ゆっくりと私に話す。

「何に苛立って、悲しんで、悩んでいるのか。それを気づいてあげられないことの方がよっぽど辛い。だから、杏のそのままの気持ちを伝えればいいんだよ」

「困らせない？」

「もっと困らせてもいいんだよ。それが子供の特権なんだからさ」

「……嫌いにならない？」

――一番聞きたくて、怖かった言葉。

それでも、誠くんになら正直になれる。誠くんは、私の言葉をからかったり、馬鹿にしたりしない。いつでも、嘘偽りない本音で返してくれるから。

「杏の顔に出やすい素直なところも、意地っ張りなところも全部、そのままの杏がみんな大好きだよ。だから、大丈夫」

私の気持ち全部を受け入れてくれる言葉に、どれだけ助けられているのか。きっと誠くんは知らない。一度流れた涙は止まらなくて、膝を抱えた私が落ち着くまで、誠くんはただ隣にいてくれた。

ようやく涙が止まり、顔を上げた時、辺りは暗闇に包まれていた。でも、私の心はすっかり晴れやかになっていた。

さっきまでは、もうどうにでもなれ。運動会なんて永遠に来なければいい。とまで思っていたのに。

今は、もうそんなことは思わない。

「誠くん、ありがとう。私、運動会頑張るね。……きっと親子競技は先生とだろうけど、それでも1番取れるように頑張ってくる」

「あぁ、俺も応援してる」

優しく目を細める誠くんの顔は見えなかったけど、それでもきっといつもの笑みを浮かべているんだろうな、と想像ができた。

誠くんは落ち着いた私を確認すると、「帰ろっか」と手を差し出す。私はそれを迷うことなく掴んだ。まだパラパラと降る小雨の中、誠くんがさした傘の中、2人で並んで歩く。

私を気遣うように明るい声色で色んな話をしてくれる誠くんに、重くなりそうな足取りは、しっかりと前へと進むことができた。

ようやく商店街に入ったところで、母の姿を見つけた。

母は店の前でずっと待ち続けていたようで、私の姿を捉えると、駆け寄りギュッと抱きしめる。痛い程強く回された腕に、どれほど心配をかけたのだろうか、とまた涙が溢れてくる。

私が悪かったのに、抱きしめるなり何度も何度も謝ったのは母の方だった。そんな母を見ていたら、私も嗚咽でしっかりと言葉にならないながらも、素直に謝ることができた。

2人で大泣きして抱き合っている側で、誠くんはずっと側で優しく見守っていてくれていた。そっと誠くんへと視線を向けると、温かい眼差しが返ってくる。私にとって、それが何よりも力になるのだと実感した。

運動会当日、他の子が家族と楽しそうに談笑していても、胸は痛くならなかった。確かに寂しさはあるけど、それより頑張ろう、と自分を鼓舞させた。

親子競技の案内が流れ、入場口へと移動すると、すでに保護者が準備をしていた。自分の親の元へ駆け寄る友人たちを見ながら、一番後ろに一人で並ぶ。

――先生にはお願いしているし、ここで待てばいいか。どうせなら、1番取ってお母さんに一番の赤いリボン見せてあげよっと。

青天を見上げながら、大きく深呼吸をする。

その時、肩をトントンと叩かれ振り返る。私の視界に、その場にいないはずの人が映り、驚きに目を見張りながら声を張り上げてしまう。

「誠くん⁉　何で」

「だって、ほら。先生とより、俺との方が息が合うかなって」

そこには、ジャージ姿で準備万端の誠くんが、お日様のような笑みを浮かべていた。

「メグはいいの？」

「メグは、ほら。うちの親父があそこで気合入れているよ」

その言葉に、視線を横へと向ける。そこにはメグが、誠くんとよく似た大きな体で豪快に笑うおじさんを横目に大きなため息を吐いている。

ポカンとしながら見つめると、誠くんが私に大きな手を差し出した。

「一番取るんだろ？　ほら、一緒に走ろう」

その手に自分の手を重ね、じんわりと滲みそうになる涙を押し込めながら、にっこりと笑い、「うん！」と大きく返事をする。

スタートラインに並び、合図と共に誠くんと「1、2、1、2」と声を合わせる。

練習なんて1回もしていないのに、息が合う私たちは立ち止まることなく、一番にゴールテープを切ることができた。1等賞の証である赤いリボンを私と誠くんそれぞれの腕にはめ、それを眺めるだけで、にやけそうになる。

——いつだって私の一番は誠くん。誠くんがいると、いつも楽しくて、嬉しくて、大好きで。勇気だって元気だって、全部誠くんがくれる。

「ありがとう」

「よく頑張ったな。俺も楽しかったよ。ありがとな、杏」

赤いリボンを見つめながら呟くと、誠くんは「ははっ」と笑い声を溢した。

そっと誠くんへと顔を向ける。すると、誠くんは太陽を背負ったような、キラキラと明るい笑顔を向けた。それが、私にはあまりにも眩しくて、目を細めた。

退場の音楽と共に、退場口へと向かうと、そこに待ち構えるように立つ両親の姿に、目を見開く。

「杏！　よく頑張ったわね！」

「お母さん！　お父さんも！　どうして？　だって今日は……」

「うん、朝早くから誠くんが手伝ってくれてね。今お父さんと配達してきたところで、そのまま来たのよ。それに、ほら」

母は手に持つ大きなカバンを持ち上げた。説明がなくとも、そこにはお弁当が入っているだろうと想像がつく。

「一緒に食べよう。ちゃんと、杏の好きな卵焼きと唐揚げもあるから」

「もうっ！　来るなら来るって言ってよ」

あまりにも動転し、可愛げのない物言いをしてしまう私に、周囲はちゃんとわかってくれているようだ。みんな、楽しそうな明るい笑みを浮かべていた。

――懐かしい。

赤いリボンを目の前に掲げるように持ち、眺めていると、ひょいっとリボンが手から奪われた。ドキッと肩が跳ね、驚きに振り向くと、そこには誠くんの姿。

「懐かしいものを見つけたな」

誠くんは、手のひらに乗せたリボンを見ると、優しく微笑んだ。

「これって……」

「あぁ、もう忘れたよな。杏が小４の時、運動会で一緒に二人三脚しただろ。その時の一等賞のリボン」

——やっぱり、あの時の。

今の私はきっと、ポカンとしたまぬけな顔で誠くんを見ているのだろう。でも、徐々にジワジワと嬉しさが全身に広がり、頬が緩んでしまう。

私だけの特別な思い出を、ちゃんと誠くんも覚えていてくれたんだ。

「何で？　何で取ってあるの」

嬉しくて堪らないのに、恥ずかしさから顔をそっぽ向けて、唇を尖らせてしまう。でも、誠くんはきっと私が嬉しがっていることは、気がついたのだろう。

隣から僅かに笑い声が聞こえてきた。

そっと窺うように視線を誠くんへと向けると、予想通り、誠くんはいつもの柔らかい笑みを浮かべていた。

「これは俺の宝物」

目を細めて笑う誠くんの笑みは、変わらず眩しくて、目を奪われたのは私。

——いつも、いつだって私の心を乱すのは、誠くんだけ。こんなにも嬉しくて、愛しくて、自分だけを見て欲しくて。

きっと、この恋心はどんなに頑張ったところで消えることはない。部屋に差し込む夕日と同じように、私の心も誠くんによって赤く染められるんだ。

「……宝物って」

呟く私の頬はきっと真っ赤に染まっている。でも、それはきっと夕日のせいだと誠くんは思っているのだろう。今は誠くんのそばにいられる妹ポジションでもいい。でも、いつか絶対、誠くんの特別になるんだから。

「宝物だよ。杏は俺の特別だからな」

カラッと笑いながらサラリと述べた言葉が、どれだけ私を浮かれさせるか。きっと誠くんは知らない。

「……夢？」

あぁ、夢か。そうだよね、誠くんがいるはずがないのに……。

頬を伝う冷たさに、手で顔を拭う。ベッド脇から手鏡を取り見ると、そこに残る涙の痕に、自分が泣いていたことに気づかされる。

僅かに赤みがかった目の中央。黄色い瞳は、夢で見た自分とは似ても似つかない。

「……でも、夢でも会えて嬉しかったな」

夢だと認めたくない。だって、二度と会うことのできない現実を目の当たりにしているようで。それでも、夢でさえ、一時の幻でも会えた嬉しさ、愛しさに胸がいっぱいになる。

何より、あの優しい微笑みと大きい手の温もりは、今もすぐ側にあるようだ。

でも、ここに誠くんはいない。写真だって、リボンだって今は何もない。あるのは、私の胸にいつだってある、誠くんへの気持ちと思い出だけ。

――忘れない、絶対に。

「神様にも奪わせないんだから……」

唇を噛み締めながら呟いた言葉は、誰に聞かれることなく静かに消え去る。もう、私の弱音に温かい言葉をかけてくれる人はいないのだから。

『俺はいつだって杏の味方だよ。側にいるよ』

瞼を閉じれば、いつだって聞こえてくる。優しい声。

それさえあれば、私は生きていける。

――あなたがいない世界でも。

# あとがき

蒼伊です。再びご挨拶ができること、とても嬉しく思います。

この度は『逆行した悪役令嬢は、なぜか魔力を失ったので深窓の令嬢になります2』をお手にとっていただきまして、誠にありがとうございます。

2巻では学園編となり、ようやく乙女ゲームの世界を感じることができたのではないでしょうか。この作品を書く上で、やはり学園を舞台にして書きたいと思っていたので最初に構想していたシーンの多くは、この2巻に入っているように思います。

乙女ゲームの舞台である学園では、ゲームのストーリー通りに進んだ1周目とは違い、ラシェルが逆行したことで過去とは全く異なる未来を迎えることになります。

病弱になり、クロと出会い、領地で自分の世界を広げたラシェルがようやく自分の足でしっかりと立ち、過去への恐怖から目を逸らさずに歩み出そうとしています。

その側では常にルイが支えてくれていることもあり、2人の関係性も大きく変化しました。どんどん過保護に、そして甘くなるルイと、それに困惑しながらも惹かれる想いを止められなくなるラシェル。本当に、最初のルイはどこにいったんだと思いますよね。

そして、何といっても2巻では乙女ゲームヒロインのアンナが鍵ですね。最初はあまり良い印象ではなかったかと思われます。本当のアンナ・キャロルとは一体どんな人物なのか、彼女の目的は何なのか。それが明かされることで、アンナの印象は最初と変わったでしょうか。

アンナは、あくまでも普通の一途な恋をしている女子高生だと思っています。大切なものがあるからこそ、現状を否定して目を逸らすしかなかったのかもしれないですね。

この作品は、登場人物みんながどこか足りないものがある中で、今を生きて成長する物語だと思っています。そのため、悩んで立ち止まって後ろを向きながらも、前へ進もうと足を動かしているのですが、その方向が間違うときも時にはあるんですよね。でも、気づいた瞬間に、いつでも道を変えることができて、それがまた成長に繋がるように思います。

そんなラシェルたちの成長を感じていただけると、とても嬉しいです。

1巻に続きイラストを担当していただいたＲＡＨＷＩＡ様、美麗なイラストを本当にありがとうございます。また、担当様、ツギクルブックス編集部の方々、出版に携わってくださった全ての皆様に感謝申し上げます。

最後に、お手にとってくださった読者様に最大級の感謝を。本当にありがとうございます。

２０２０年９月　蒼伊

## ツギクルAI分析結果

「逆行した悪役令嬢は、なぜか魔力を失ったので深窓の令嬢になります2」のジャンル構成は、恋愛に続いて、ファンタジー、SF、歴史・時代、ミステリー、ホラー、現代文学、青春の順番に要素が多い結果となりました。

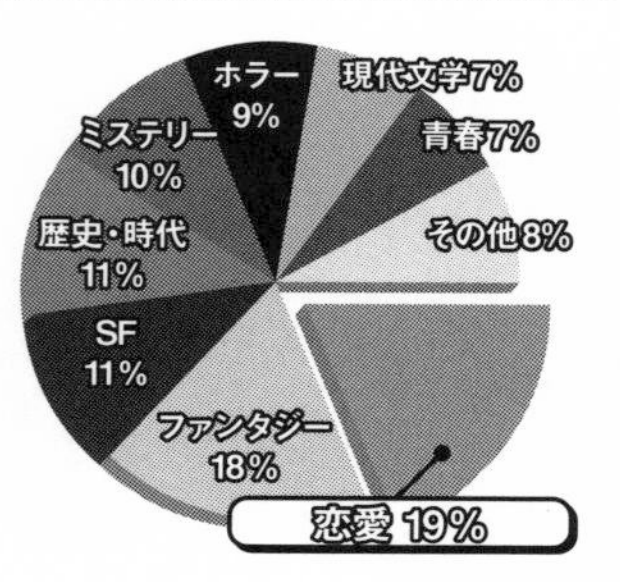

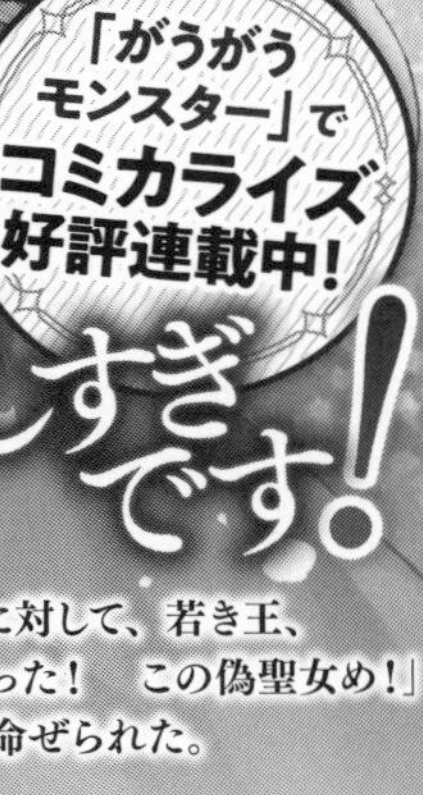

穢(けが)れた血だと追放された

# 魔力無限の精霊魔術士

著 冬月光輝(ふゆつきこうき)

イラスト てんまそ

コミカライズ企画進行中!

## 悪魔の刻印は最強の証!

私って、パワースポットだったんですか!?

名門エルロン家の長女リアナは、生まれつき右手に悪魔の刻印が刻まれていることで父親のギルドから追放されてしまう。途方に暮れながら隣国にたどり着いたリアナは、宮廷鑑定士と名乗る青年エルヴィンと出会い、右手の刻印が精霊たちの魔力を吸い込み周囲に分け与えているという事実が判明。父親のギルドはパワースポットとして有名だったが、実際のパワースポットの正体はリアナだったのだ。エルヴィンの紹介で入った王立ギルドで活躍すると、リアナの存在は大きな注目を集めるようになる。一方、パワースポットがいなくなった父親のギルドは、次々と依頼を失敗するようになり——。

**穢れた血と蔑まされた精霊魔術士が魔力無限の力で活躍する冒険ファンタジー。**

定価1,320円(本体1,200円+税10%)　ISBN978-4-8156-1041-8

https://books.tugikuru.jp/

**読者アンケートに回答してカバーイラストをダウンロード！**

読者アンケートや本書に関するご意見、蒼伊先生、RAHWIA先生へのファンレターは、下記のURLまたは右のQRコードよりアクセスしてください。
アンケートにご回答いただくとカバーイラストの画像データがダウンロードできますので、壁紙などでご使用ください。
https://books.tugikuru.jp/q/202010/gyakkouakuyaku2.html

本書は、「小説家になろう」（https://syosetu.com/）に掲載された作品を加筆・改稿のうえ書籍化したものです。

**逆行した悪役令嬢は、なぜか魔力を失ったので深窓の令嬢になります 2**

2020年10月25日　初版第1刷発行
2021年10月 8 日　初版第2刷発行

著者　蒼伊

発行人　宇草 亮
発行所　ツギクル株式会社
〒106-0032　東京都港区六本木2-4-5
TEL 03-5549-1184
発売元　SBクリエイティブ株式会社
〒106-0032　東京都港区六本木2-4-5
TEL 03-5549-1201

イラスト　RAHWIA
装丁　株式会社エストール

印刷・製本　中央精版印刷株式会社


ISBN978-4-8156-0595-7
Printed in Japan